山村奇譚

千年雨——著

2

墮神

suncolor
三采文化

目錄

汝信我能庇祐汝等，
而我未盡護祐之責，
妄造殺孽、入魔已深……

第二十章

幽篁藏屍

劉梓桐的臉部以極快的速度持續糜爛，散發強烈惡臭的腐肉隨著汗水和穢血掉落在江雨寒臉上，順著臉頰緩緩下滑，噁心的觸感彷彿蛞蝓蠕行。

江雨寒一陣反胃，正想閃躲，劉梓桐倏地伸出雙臂，因腐爛而導致白骨外露的手掌緊緊掐住她的頸項。

還來不及感受到疼痛的瞬間，突有巨量的回憶排山倒海般灌入她腦中。

在那些有如許多短片同時播映的記憶片段中，她看到劉梓桐慘遭殘暴虐殺的影像，跟夢中所見一模一樣，而清晰若在眼前。

江雨寒痛苦地閉上眼睛，可是血淋淋的影像仍在腦海中持續上演。她下意識迴避那些過於殘酷的畫面，逐漸發現在劉梓桐的記憶裡，除了無止境的凌虐之外，還有其他許許多多寧靜美好的回憶片段——

有外表年輕稚氣的組長和麗環，還有一位穿著淺藍花布襯衫、黑色長褲的老婆婆。

這位老婆婆滿頭白髮、滿臉皺紋，但神情非常慈祥。

在泛黃的影像中，她看到老婆婆微笑地牽著小小的劉梓桐去上小學、惶急地抱著小臉因高燒而通紅的劉梓桐去診所，而更多的畫面是老婆婆倚門而望，一心一意等候著唯一的小孫女放學或下班回家。

她想起組長曾經告訴她，劉梓桐的奶奶一直在等她回家——

即使是遺體也好。

「……妳……妳很想阿嬤吧？」江雨寒勉強從被掐緊的喉間擠出這幾個字。

劉梓桐怔了一下，被鮮血染紅的雙眼直直瞠視著她。

對方皮開肉綻、處處腐爛見骨的外貌非常恐怖，但江雨寒並不害怕，只覺得很可憐，因為生前所受的傷害鏤刻於靈魂，足見她是如何被那些惡人活生生凌虐到死……

「……妳怎麼知道我在想什麼？」劉梓桐殘破的嘴唇紋絲不動，江雨寒卻聽到來自她心底的聲音，淒厲而破碎。

「我感應到……」江雨寒指著頸間的鬼手。

像被灼傷似的，劉梓桐立刻鬆開雙手。

喉間壓力一鬆，江雨寒頓時一陣嗆咳。

「我知道妳遭遇到很悲慘的事，靈魂至今無法安息……很遺憾……我幫不了妳什麼……」她坐起身，輕撫著劇烈作痛的脖子，抬頭和劉梓桐對視。

「妳為什麼會知道？」意外顯得有些狼狽的劉梓桐狠狠瞪著她，充血的眼球幾乎要滴出血淚。

「不就是妳託夢給我的嗎？」或許那不該稱為「託夢」，因為她認為對方之所以這樣做，純粹只是出自於嚇唬她的惡意，但一時想不到更合適的措辭。

「……我沒有。」

「妳沒有？」江雨寒訝異地睜大眼睛。「可是我不止一次夢到……妳在片場外面徘徊，然後被木工組那六個人抓走，他們……他們對妳……」

「閉嘴！妳閉嘴！閉嘴！」劉梓桐浮在半空，激動地摀住自己的耳朵，內心尖嘯著。

江雨寒識相地閉上嘴——她強烈感覺到，對方並不想讓別人知道那些曾經發生在她身上的慘事。可是，如果不是劉梓桐「託夢」，她怎麼會屢次經歷同樣的夢境呢？

正困惑不解，驀然感應到來自對方心底尖銳的叫囂——

「殺死她！殺死這個女人！殺死她！……可惡的女人！」

江雨寒嚇了一跳，連忙爬下床，和劉梓桐保持一段安全距離。「我們無冤無仇，妳為什麼這麼恨我？」

「因為妳不應該活著……」

「什麼意思？」她不禁皺眉。

「妳搶走承羽，該死！」劉梓桐怒視著她，怨毒的目光彷彿想將她碎屍萬段。

江雨寒想起當年掉落在片場大門的那封信，雖然組長沒有告訴她內容，但她大概猜想得到，那是一封告白的情書——無疑劉梓桐暗戀組長，所以才會深夜在片場外面等候組長下班。

然而，這跟她有個毛關係？

「我想妳誤會了，我沒有搶走組長。除了上司和下屬的關係之外，我和組長沒有任何私情，妳要是不信……」

「承羽喜歡妳！」劉梓桐不耐煩地打斷她的話。

她愣了一下，忍不住笑了出來，感到很荒謬似的。「組長喜歡我？不可能的，他只是對所有的人都很好。妳跟在組長背後那麼多年，一定知道……」

「第一次離開村子的那天晚上，承羽紅了眼眶，我從沒見過他像那樣傷心。」

組長第一次離開村子？江雨寒略一思忖，想起來了——那天晚上她留宿在阿凱家，深夜遭到劉梓桐和變態中年惡鬼的襲擊。

難道是因為組長哭了，當時劉梓桐才會突然跑來找她麻煩嗎？但組長為什麼傷心呢？正想發問，劉梓桐卻不給她機會，一腔怨氣持續衝進江雨寒腦中，像洶湧的海潮——

「看到妳脖子上的吻痕，承羽痛苦了一夜！妳的存在只會帶給他痛苦，所以妳該死！妳該死！妳該死！」被血塊凝結成一束一束的長髮，隨著顛狂的怒氣在空中張牙舞爪。

可那是妳害的欸……若不是那個受妳奴役的中年惡鬼趁阿凱虛弱時企圖附身，也不會發生這種事……江雨寒心裡這樣想，卻不敢說出來，因為她感覺得到劉梓桐的情緒已在失控邊緣，她不便在這個時候火上加油。

「我從來不想讓任何人痛苦，如果可以的話，我倒希望可以幫助所有受苦的人脫離痛苦，例如妳，還有把妳從小撫養長大、和妳相依為命的阿嬤。」她試圖把話題從承羽身上移開，刻意提起劉梓桐內心深處最惦念的人。

如果承羽真的如同劉梓桐所說的那樣喜歡她，她會非常感激，但恐怕承受不起。

「……我……我的阿嬤……」提到阿嬤，劉梓桐的心境果然平靜許多，殘破扭曲的臉孔看起來似乎也沒那麼猙獰。

見對方態度軟化，江雨寒繼續說：「妳阿嬤很想妳，她一直在等妳回家。」

「我……」

「她為妳懸了那麼多年的心，如今只求能親自安葬妳的遺體，老人家年紀大了，妳忍心讓阿嬤一輩子懷著這個遺憾嗎？」

劉梓桐雙手摀住臉，殷紅的血淚從幾乎化為白骨的指縫間汩汩流出。

「我知道妳為自己報了仇，雖然報仇不能讓妳復生，但作惡的壞人好歹已經得到慘痛的報應，妳為什麼還不回家、回到妳阿嬤身邊呢？」

「……妳懂什麼？」

「我就是不懂，所以才要問妳。妳怕阿嬤看到妳的遺體，會活不下去嗎？我問過組長，他說阿嬤比大家所想的還堅強，她是真心想要好好安葬妳，好好替妳辦幾場法事……」

「我……我不知道自己在哪裡……我……我在一個很暗很暗的地方……我張大了眼睛……卻什麼也看不見……」

她聽到來自劉梓桐心底破碎的低泣。

原來，劉梓桐並非不肯入土為安，而是她也不知道自己被棄屍在哪裡……江雨寒不禁一陣心酸。

她靠近劉梓桐，朝她伸出手，試圖碰觸她殘破的肢體。「我知道妳在哪裡，我可以感應到妳殘存的記憶……」

劉梓桐倏地向後方飄移，避開她的接觸。

「不用妳多事！」血紅的眼瞪了江雨寒一下，倉皇地穿牆而去。

劉梓桐叫她不要多事，她卻覺得自己不能袖手不管。

雖然她和對方非親非故，但因同情亡者的悲慘際遇，也憐憫那位風燭殘年、只求能好生安葬孫女的老人家，她一定要想辦法讓劉梓桐入土為安。

隔天中午，她跑到醫院，將一本存有五百萬台幣的新存摺跟印鑑交給玉琴。

「琴姐，我有事要趕回公司一趟，匯款給小島田先生的事，就麻煩妳和阿星、小鴻處理，如果錢不夠用，再跟我說。」

玉琴遲疑著，不肯接過那本嶄新的存摺。「小雨，妳真的決定這麼做嗎？」

「怎麼了嗎？」

「五百萬不是小數目……雖然我很感激妳為了麗環的種種付出，但再怎麼說，妳和麗環非親非故，不過是認識一年多的同事，要妳出這麼大一筆錢，實在……實在……」

「不要這麼說。因為蕭伯伯警告過我不能再靠近防空洞，所以我只能找別人來幫忙，如果區區五百萬就能換回前輩一條命，我求之不得。」她把存摺和印鑑塞在玉琴手中。

「為什麼妳對麗環這麼好？我看她常常壓榨妳替她做事欸……」小鴻不解地看著她。

「不止是為了麗環前輩才這樣做，今天如果是編劇組的任何一個人出事，我都會做相同的決定。」

「為什麼？」阿星瞪大眼睛。

「因為你們都對我很好。我剛到公司的時候，人生地不熟，處處受到排擠和冷言冷語，只有你們護著我。」江雨寒真誠地說。

阿星愣了一會兒，突然重重地拍了她的肩膀一下，一臉深受感動的樣子。「好傢伙！不枉我為了妳跟總務部那些八婆吵架！」

小鴻搔搔頭，有些不好意思。「其實這也沒什麼……我本來就看不慣那些狗眼看人低、只會巴結闆娘的哈巴狗。」

「謝謝妳！小雨！等麗環好了之後，我會和麗環一起努力把這筆錢還給妳！」玉琴感激不已地握緊手上的存摺。

「還不還都無所謂，只要能救回前輩就好。我等一下就要回公司，不確定什麼時候能回來，如果小島田先生在我回來之前就抵達，請你們轉告他，暫時不要輕舉妄動，特別是防空洞，千萬不能擅闖。」

「這是為什麼？重金聘請那個日本人來，不就是為了進防空洞招回麗環的魂魄嗎？」小鴻問道。

「我聽蕭伯伯說，防空洞裡異常危險，一不小心將引起可怕的浩劫。」江雨寒神情嚴肅地說。「前輩是一定要救，但行動前務必從長計議，尋求萬全之策。」

「我知道了，我們會等妳回來，小島田先生大概也沒那麼快來台灣，他曾經說過，確認收到款項之後，他必須先安頓好他的家人，所以還需要一段時間做準備。但是妳現在特地跑回公司做什麼？這一趟路這麼遠，有什麼重要的事，不能叫承羽幫妳嗎？」玉琴好奇地問。

「有點私事要處理。」因為玉琴等人和劉梓桐不相熟，所以她不打算多說，草草帶過。

她轉頭望向病床上戴著呼吸器沉睡的麗環，流露擔憂的神色。「前輩就麻煩你們照顧了，我會盡快回來的。」

離開醫院之後，她去市場買了一大袋水果，跑到崇德宮。剛要踏上階梯，迎面就看到雷包從廟裡走出來。

「嫂……小雨！在這裡遇到妳，真是太好了！」雷包興奮地三步併作兩步跑向她。「我正要去找妳呢！」

「你要找我？」她不由得緊張起來：「阿凱出事了嗎？」

「沒有啊，妳不要這麼緊張，老大沒事！」

江雨寒鬆了一口氣，「沒事就好。那你找我做什麼？」她知道雷包是阿凱的好朋友，但她和雷包畢竟沒那麼熟。

「這個。」雷包遞給她一張硃砂畫就的符咒。「老大叫我交給妳的。」

「阿凱畫的？他終於學會畫符了？」她把那袋水果放在地上，雙手接過符紙細看。

她看不懂上面的咒語敕令，只覺得字跡有如筆走龍蛇，十分飄逸靈動。

「嘿啊，我剛才拿給宮主看過，宮主也說威力不差。」雷包壓低聲音說：「妳知道宮主那個人，從來不稱讚別人的，能讓他老人家說上一句『不差』，可見是很厲害了！」

「這真是太好了！」她雙掌合十，真心為阿凱感到高興。

「對了，嫂……小雨，妳是來看老大的嗎？」

江雨寒搖搖頭，把剛買來的大量水果交給雷包，「這些水果請你拿給阿凱，但是不要讓他知道我來過。」

「為什麼不讓他知道？」雷包一臉困惑。「老大如果知道妳來找他，一定……」

「我不能打擾他。」

向雷包道別之後，她往廟宇後方的竹林走去，看著那坐落在光影婆娑間的紅瓦厝。

她一直找不到時間再來這裡……但願等劉梓桐的事處理好之後，可以把爺爺留下來的手札看完，也許能從中找到解救麗環而不破壞風天之陣的辦法。

搭高鐵再轉乘計程車回到公司宿舍，已是深夜。

她膽子再大，也不敢三更半夜跑去找屍體，所以只好先洗澡睡覺。因為玉琴和麗環不在，整棟三層樓的透天厝只剩她一個人，不過她並不害怕，反而有點希望劉梓桐來找她，這樣她就可以獲得更多關於棄屍之地的線索。

可惜，今夜劉梓桐沒有出現。她很難得地睡了一個好覺，沒有被嚇醒，也沒有惡夢。

隔天上午她搭計程車到夢境中的片場——隸屬公司的片場大大小小十幾個，劉梓桐當年工作的地方只是其中一個規模較大的。

她站在電動格柵門外。

這裡就是監視器拍到的地方。劉梓桐當時在這裡徘徊，然後在監視器照不到的死角被那六個壞人拖走，拖到蘆葦叢中。

江雨寒四處張望，片場外面非常荒涼，因為拍片的時候常會用到爆破和各種聲光特效，片場自然不能設置在熱鬧人多的地方。

這附近除了荒地，就是農地，有甘蔗田、水稻田、玉米田、花生田等等，看不到跟夢中相似的高大蘆葦叢。即便是荒地，上面長的也是匍匐的小花蔓澤蘭和菟絲子。

就算曾經有蘆葦叢，事隔這麼多年，或許早就沒有了。看來，要找出劉梓桐被棄屍的地點，沒有想像中的容易。

正想到周圍農田找找看有沒有在地人可以打聽，一名外送員騎著機車過來，片場大門同時開啟，從裡面走出幾名年輕女子。

其中一名短髮女子驚訝地看著她：「小雨？妳怎麼會在這裡？編劇組不是外出取材嗎？我知道了！妳是來找組長的吧？怎麼不進來呢？忘了帶門禁卡？」

江雨寒有點認得她，據說是阿星暗戀的對象，好像叫做小良吧？

「組長在這裡？」她這次回來沒有跟組長聯絡，還以為他在公司。

「對啊！組長一大早就來了，要我幫妳叫他嗎？」小良熱心地說。

「不用了，謝謝。我不是來找組長的。」

「那妳來這裡做什麼？」

江雨寒想了一下，決定向小良打聽：「我在找蘆葦叢，妳知道這附近哪裡有蘆葦嗎？」

「蘆葦？我不知道欸，沒注意過這種東西。喂！妳們誰知道哪裡有蘆葦？」小良問那些正在付錢、提飲料的同事。

大家都搖搖頭。

「那竹林呢？附近有竹林嗎？」江雨寒連忙問。

根據她的夢境，劉梓桐最後被拖到一個潮濕而陰暗的竹林，如果能找到跟夢中相同景象的竹林，那找不到蘆葦叢或許也沒關係了。

「沒看過。」大家還是搖頭。

「不好意思哦，小雨，沒能幫上妳的忙。」小良歉然地說。

「沒有關係，我自己再找找看。」

幾名女職員提著大袋小袋的手搖飲料走回片場，那位外送員仍在原地數錢。數完收好之後，突然抬起頭對她說：「小姐，妳在找竹林喔？我知道哪裡有欸！」

「真的嗎？在哪裡？」她連忙問。

「從這裡一直走一直走，走大概十幾二十分鐘，有一座五百山，山下面就有一大片的竹林。」年輕的外送員指著一個方向。

江雨寒朝那個方向看過去，確實隱約可見數座連緜的小山丘橫亙在玉米田和甘蔗田後方，跟山村裡高聳入雲的峰巒比起來低矮多了，不注意看還沒發現。

「五百山？」她覺得這個名字好奇怪。

「人家都說山上有五百個墳墓，所以就叫做五百山。其實不止五百個而已啦，那邊好幾座山頭都是啊！妳看山上那些白白的都是墳墓。」

「喔。」江雨寒點點頭，思考著要怎麼從這裡走過去。

想到達那裡，勢必要徒步跋涉大片剛灌溉過的水稻田、茂密的甘蔗園和青紗帳似的玉米田，還有一些長滿雜草的荒地。她不禁躊躇。

「這路不好走欸，而且草叢裡面可能有毒蛇，從外面小路繞一圈過去比較安全啦，只是遠了一點……不然我騎車直接載妳過去好了！」外送員好心地說。

「真的可以嗎？」江雨寒喜出望外。這樣她就不用艱辛地穿過那些農田和荒地了。「太感謝你了！」

「小事啦！上來吧！」

正想上車，突然一隻大手從後方按住她的肩膀。

「不用了，我載她就好。」

耳邊傳來承羽的聲音。

承羽將汽車停在距離山腳最近的產業道路，從這裡要走到隱藏在山坳陰影處的那片幽深竹林，還得先穿過一段荒煙蔓草、路徑難辨的山路。

「小雨，妳確定劉梓桐的遺體在這裡嗎？」

江雨寒猶豫了一下，「不確定，我只是夢見她被丟棄在竹林中一個水泥砌成的水塔裡面，至於是不是這片竹林，我也不知道……」

劉梓桐表示並沒有「託夢」給她。

如果她做的那些惡夢不是因為劉梓桐的關係，那夢境的可信度或許就不高了……

劉梓桐碰觸到她的時候，她雖然看見虐殺的過程，但沒有看清楚明確的棄屍地點。早知道當時應該看仔細點才對。

「沒關係，我們還是進去找找看，不過這裡非常荒涼，妳務必要注意安全。」

「好。」

此時晴朗的天空瞬間烏雲密布，陰風呼嘯，她紮成馬尾的長髮和圍巾在風中狂颱。

「妳脖子上的傷痕……還沒好嗎？」他注意到她從不離身的圍巾。

圍巾被突如其來的強風吹亂，她索性拿下來，露出四條發黑的爪痕，還有一大片新增的雙掌勒痕，橫在白皙頸間，像一隻展翅欲飛的黑色玉帶鳳蝶。

「這個是？」他大吃一驚，看著勒痕的眼神充滿不忍。「又是劉梓桐？」

江雨寒苦笑了一下，點點頭。

承羽深吸一口氣，「……是我的錯，我……」

他不禁為自己的軟弱感到懊悔——因為不忍心見冤死的劉梓桐魂飛魄散，卻連累了小雨……劉梓桐固然遭遇堪憐，但小雨何嘗不是無辜受害？

她打斷他自責的話語：「這不關組長的事，是劉梓桐的怨念太強烈。我們快點找出她的遺體吧！如果能順利找到，也許就能消除她的怨念。」

承羽走在前方，撥開兩側攔路的樹枝和雜草，細心地為跟在身後的江雨寒開道。

她看了一眼左邊山丘上那櫛比鱗次、數量驚人的墳塋，頓時頭皮發麻。

劉梓桐死得那麼慘，如果真的被棄屍在陰氣這麼重的地方，也難怪她化為厲鬼、陰魂不散了……她忍不住這樣想。

第二十一章　惡靈現形

承羽和江雨寒萬分艱辛地穿過墳山下的荒徑，來到隱藏於山坳陰影處的竹林。合軸叢生的麻竹高達二、三十公尺，寬闊的竹葉茂密攢簇，正午的陽光幾乎無法透射進去，林子裡陰氣森然，魆如黑夜。

地上乾枯的竹籜和落葉堆得比腳踝還高，顯見積年人跡罕至。這種杳無人煙的鬼地方，可能會有水泥蓋成的灌溉用水塔嗎？江雨寒不禁心生疑惑。但既然已經來到這裡，她決定還是入林一探。

她拿出背包裡事先準備的指南針確認一下入口的方位。「這個方向是……西南西。組長，我們進去吧！」

「好。」

承羽毫不猶豫地點頭，眼前這座即使鬧鬼也不稀奇的深林似乎並未給他帶來絲毫懼意。

竹林裡陰暗異常，她不得不拿出備用的手電筒來照明。

手電筒的光線掃過周圍時，她都很怕會有什麼恐怖的「東西」突然出現在繁盛的竹叢間，不禁提心吊膽。除了怕見鬼，她還擔心一件事──

不知道劉梓桐會不會跟著他們一起來到這裡？要是她知道他們打算找出她的遺體，會做出什麼反應呢？

如果在這種陰氣大盛的地方遭到劉梓桐或其他惡鬼的襲擊，真的是叫天天不應、叫地地不靈了。

江雨寒不自覺深吸一口氣，右手按著心臟劇烈跳動的胸口，戒慎恐懼地四下張望。

承羽突然從她手中抽走手電筒，右手順勢牽起她空蕩蕩的左手。

「我來找，妳留意腳下，不要跌倒就好。妳說是水泥砌成的灰色水塔，對吧？」他溫暖的大掌將她的手握得很緊，但並沒有看向她。

江雨寒明白他的意思，心裡一陣感激。「對。夢裡的那個水塔看起來不小，如果場景真的是在這裡，應該不難找到。」

「妳為什麼會突然夢見劉梓桐被棄屍的地點？」承羽好奇地問。

麗環跟劉梓桐是多年同事，交情不淺，她本身靈感又強，劉梓桐卻不曾找過麗環託夢，反而找上沒有靈異體質的小雨，實在匪夷所思。

「我不止一次夢見劉梓桐遇害的經過，而且每次夢中的場景都一樣，但是我也不知道為什麼。」

她感到承羽的手指微微顫抖了一下。

猶豫片刻，他終於問出心中埋藏已久的疑惑：「妳知道劉梓桐是怎麼死的？」

麗環告訴過他，劉梓桐的靈體殘破不堪，但無從得知她生前究竟遭遇到什麼事，導致死狀這般淒慘。

江雨寒正想回答，四周霧氣驟起，黑色濃霧夾帶著一股惡臭，迅速包圍住他們。

在黑霧籠罩的瞬間，原本緊握著她的手的承羽竟消失了。

「組長！」她愕然地愣在原地。

這是怎麼回事？組長呢？剛才明明還走在她左邊……

殺死她！殺死她！殺死這個女人……令人憎惡的女人！

忽有一股強烈的惡意從後方襲來，她本能往左側一閃，只見一隻半腐的鬼手從她耳畔的黑霧中穿透而出——

要不是閃得快，她的頭顱大概已經被抓爛了。

江雨寒遠離那隻看起來很眼熟的鬼手數步。「劉梓桐！妳幹什麼？」她心裡又驚又怒。劉梓桐一向尾隨著組長，所以此時出現在這裡，她並不十分訝異，但對方來勢洶洶，竟是想致她於死地？

「妳把組長弄到哪裡去了？我們只是想幫妳，有必要出手傷人嗎？」

劉梓桐悲慘的身影在闇霧中陰惻惻地現形。「不用妳多事……該死的女人……殺死妳！殺死妳！」

尖銳淩厲的聲音像詛咒般直刺進江雨寒心底，讓她的心臟猛然一陣緊縮劇痛。

許是此地的陰氣增長了對方的怨力，她感受到前所未有的威脅和恐懼——劉梓桐是真的想殺了她！

看著渾身散發濃烈黑氣的劉梓桐，江雨寒不自覺後退數步，尋思脫身之策。

這裡離入口處不遠，如果她往西南西的方向跑，很快可以跑出竹林，而外頭雖非大晴天，正午時分的太陽餘威猶在，劉梓桐未必敢在日光下現形……

但是，組長呢？

不行！她不能丟下組長，自己一個人跑掉！

在她猶豫的時候，劉梓桐倏地逼近，右手狠狠掐住她的脖子，將她整個人壓制在地。

江雨寒痛苦地用雙手抓住對方的右掌，勉強掙扎。

這次近距離的接觸，她感應到劉梓桐心中只剩張狂的殺意，再無其他。

看著劉梓桐睚眥欲裂、血淚盈眶的模樣，她忍不住問道：「妳為什麼……這麼恨我？」

意識迷離中，她感覺這句話好像以前問過了，可是她始終不能理解——她做錯了什麼，而非得受死呢？

「因為妳得到承羽的愛……而我沒有。我什麼地方不如妳？為什麼承羽愛的是妳，而我卻……而我卻……」劉梓桐突然嗚咽地低泣，掐緊的手勁略略鬆懈。

她遭到虐殺的回憶如狂潮般灌入江雨寒腦海。

「……我知道妳不甘心……但害妳的人……不是我……殺了我，妳就……能夠安息……了嗎……」

「妳死！我就痛快！」

掐住脖子的手勁驀然增強，江雨寒氣息漸弱，無力地鬆開雙手，閉上眼睛。

阿凱，對不起……原諒她終究又是不告而別……

想到自己無法履行對阿凱的承諾，而且此生不能再見，她不禁悲從中來。

「……妳哭了？哈哈哈哈！妳竟也會哭！原來妳也有流淚的時候！」劉梓桐看到江雨寒眼角滑落的淚水，突然大笑起來，淒厲的笑聲震飛漫天落葉，比哭還刺耳。

她放開對江雨寒的箝制，「不能讓妳這麼輕鬆的死去……我要讓妳嘗嘗我生前的痛苦和恐懼……我要妳也生不如死……」

劉梓桐右手微抬，一根竹枝騰空而起，以飛快的速度貫穿江雨寒的掌心，將她的左掌釘在地上。

錐心的痛楚讓她忍不住慘叫。

「妳了解這種痛嗎？」一身戾氣的劉梓桐握住那枝斷竹的尾端，使勁扭動旋轉，江雨寒的手掌頓時血流如注。

看著對方痛苦的表情，劉梓桐嘴角大幅上揚，猩紅的雙眼卻沒有絲毫笑意。

「很痛吧？但我承受的痛苦，遠不止如此……我死得那麼慘，妳怎麼能好好活著？」

江雨寒強忍劇痛，右手試圖伸進外套口袋，但充滿惡意的怨靈並不給她機會——

劉梓桐抓住她的右手，拾起另一枝斷竹，打算將她的右手掌也狠狠釘在地上。

「如果承羽看到了，他會怎麼想？」江雨寒咬牙說道。

「妳說什麼？」聽到承羽的名字，劉梓桐猝然繃緊雙唇，瞪視著她。

「我知道妳死得淒慘，但憑什麼將妳的痛苦複製在我身上？像妳這樣陰狠毒辣的女人，妳以為承羽會喜歡妳嗎？」她知道激怒一個發狂的惡靈沒有好處，但既然自己也不可能低頭求饒，那麼激怒不激怒也無所謂了。

她犀利的話語，讓劉梓桐如遭雷殛般，不自覺鬆開她的手，僵在原地。

江雨寒咬緊下唇，忍痛將釘住左掌的竹子用力拔掉。

「我不認識妳，不知道妳生前是一個怎麼樣的人，或許妳也曾經溫柔善良，但承羽要是看到妳現在這種凶殘暴戾的醜態，他一定會討厭妳、憎惡妳、鄙視妳，對妳感到萬分失望……」她邊說話吸引對方注意，邊將右手伸進口袋，摸出一張摺成小小心形的黃紙——

那是阿凱送她的第一道符。

她原本想好好保存這值得紀念的靈符，但此刻別無選擇，為了能活著回去見阿凱……

「承羽……討厭……我？」劉梓桐因為江雨寒的話而深深陷在一種交雜悲哀、自憐、驚懼猶疑的情緒中。

「是啊……看看妳現在醜惡殘暴的樣子，是人都不會喜歡妳。」她繼續用言語刺激劉梓桐，雙手悄悄打開阿凱送她的符咒，朝對方靠近。

在江雨寒將符咒拍向劉梓桐的前一刻，對方猛然警覺，籠罩著黑霧的身影瞬間朝後方飄移散逸。

「……賤人……」

惡毒的咒罵聲隨著周圍的霧氣消失無蹤，江雨寒依舊站在幽暗的竹林裡，彷彿之前的一切都不曾發生過。

承羽從不遠處跑過來，神色緊張地握住她的肩膀。「小雨！妳沒事吧！怎麼會突然不見？妳……妳的手怎麼了？怎麼傷得這麼嚴重？」

他驚痛交加地將她的左手捧在掌心。

「沒什麼，組長沒事真是太好了。」她鬆了一口氣。「我的背包裡有藥膏跟繃帶，麻煩組長幫我止血。」

替江雨寒處理傷口的時候，承羽稍稍提起方才的經歷。

他說剛才走著走著，江雨寒突然憑空消失，他在竹林裡四處尋找，皆無蹤跡。

「你有看到黑色濃霧包圍嗎？」

「沒有。」

「果然是衝著我來……」她喃喃自語。

這也難怪，劉梓桐死後雖然化為惡鬼，人心漸失，但仍深愛著組長，大概是不至於傷害他的；她是杞人憂天了。

承羽細心地為她包紮好左手的傷口。「血暫時止住了，我們趕快離開這裡！我帶妳去醫院。」他說。

「不行，劉梓桐的屍體還沒找到，我想一定在這裡……」

「別找了。」

「為什麼？」她不解地看著他。

現在放棄，他們今天就白來了。

「即使找到劉梓桐的遺體，她也不能復生。我不想再見到妳受傷。」

「可是……」

劉梓桐的凶惡殘忍，確實讓她尋找遺體的決心大為動搖，撒手不管的念頭也曾經一閃而過，但她又覺得不把遺體找出來的話，怨靈無法安息，還是會繼續糾纏著她的吧？

既然他們不能狠下心消滅劉梓桐，那最好還是盡量設法幫助她。況且，劉梓桐如今變得這麼殘暴，或許是受到此地的陰氣影響，如果不把她的遺體挪走，日久天長，說不定情形會更糟。

她把心裡的想法告訴承羽，原以為可以說服他，承羽卻輕輕搖頭。

「組長？」

「劉梓桐屢次傷害妳，手段凶殘，可見已經泯滅人性，徹底變成惡鬼，妳不要再為了她冒險。」他捧著她受傷的左手，神情淒然。

「可是……」

承羽深吸一口氣，沉痛地說：「村子裡的那位宮主告訴過我，他可以處理劉梓桐。」

「你是想……」讓劉梓桐魂飛魄散嗎？這句話的下半段，她一時說不出口。

雖然要阿凱出手解決劉梓桐也是易如反掌的事，但顧及到組長對其深懷愧疚的心情，她不曾考慮過這個選項。

「為了袒護一個惡鬼，一再連累無辜的人受傷，我是不是很愚蠢？」承羽苦笑地自嘲。

「所以我想，到此為止就好了。」

江雨寒還想說些什麼，承羽已扶著她的手臂打算往回走。

一轉身，五隻形容猥瑣、神色萎靡的男鬼一字排開，橫攔去路，滿臉黑色血淚的劉梓桐赫然飄浮在它們後方。

只見她渾身黑霧翻騰，散發強烈的恨意和殺意如海潮洶湧，凌厲的氣勢比方才更甚。

她聽到組長的話了？江雨寒右手捏緊阿凱的靈符，心中忐忑。

蕭伯伯說阿凱的符咒威力不差，但對手數量這麼多，恐怕……

「殺掉那個女的！」

劉梓桐下達指令，受到奴役的五隻男鬼立刻聚攏趨近。見眾惡鬼的目標是江雨寒，承羽連忙擋在她身前。

「誰也不准傷害她！」

他火速取出身上的五雷符，朝居中那名惡鬼胸前拍去。

符紙觸及靈體的瞬間昊光迸現，四處竄流的閃電如龍蛇狂舞，所到之處鬼魅亡形，雷霆之威霸道地貫穿五隻惡鬼，風馳電掣直衝劉梓桐。

劉梓桐側身閃避不及，雷光如劍硬生生削去半邊頭顱。

她摀著受創嚴重的顏面，淒厲地慘叫。

惡靈的哀號聲萬分慘烈，震耳欲聾，江雨寒忍不住用手掩住雙耳，感覺耳朵痛到快要炸裂出血。

她看了身旁的承羽一眼，竟似完全不受影響。

只有她聽得到劉梓桐的聲音嗎？

過了一會兒，劉梓桐的形體消失了，幽暗的竹林恢復寂靜。

「她……魂飛魄散了嗎？」承羽望著劉梓桐消失的地方，臉上帶著自責的神情。

「應該沒有。那五隻惡鬼替她抵擋了大部分的傷害，但我想她暫時不能干擾我了。組長，我們趁現在快去找棄屍的水塔！」

他遲疑了一下，點點頭。「……好。」

過不了多久，他們在竹林深處發現一個水泥砌成的小型建物，高約兩公尺，長約三公尺，斑駁的牆面附有一個鏽蝕嚴重的垂直鐵梯。

「就是這個！」江雨寒驚呼。

眼前的水泥水塔和她夢中所見一模一樣。

那些壞人將劉梓桐拖上水塔，扔了進去，然後把沉重的水泥塔蓋壓回去。當時重傷垂危但尚有氣息、意識清楚的劉梓桐就被關在這個絕對黑暗的密閉空間，驚懼不已且痛苦地等待死亡的來臨……

即使只是想像，都覺得很可怕。江雨寒不禁微微發抖。劉梓桐的遺體，真的在裡面嗎？她當年真的被丟在這裡活活等死嗎？實在不敢相信。

「我上去看看，妳在這裡等我。」承羽說。

「組長，務必小心水塔裡面衝出來的氣體，密閉這麼久的空間，裡面恐怕有毒。」她連忙提醒。

「我知道。」

承羽爬上水塔，先把沉重的塔蓋挪開通風，估計裡面不會再有不明氣體突然衝出之後，他才拿著手電筒靠近洞口向下查看。

「有看到什麼嗎？」江雨寒惴惴不安地問。

她希望能順利找到劉梓桐的遺體，但又不希望她是真的慘死在此。

「……下面有一具白骨。」承羽哀傷地說。

在警方和專業人士的協力合作之下，劉梓桐的遺骨總算運回家了。承羽和江雨寒用了幾天的時間，協助劉梓桐的奶奶處理後事。由於劉梓桐的奶奶經濟狀況並不寬裕，所以全部的喪葬費用——包含塔位、連續數天不間斷的法事等等，都由他們二人支付。

這幾日他們還真心誠意地為她唸了幾卷經文，希望她可以早日脫離苦海、往生極樂。

劉奶奶雖然哀痛逾恆，但果然如承羽說的那樣堅強，並未被白髮人送黑髮人的悲傷擊倒。她對承羽和江雨寒二人的大力幫忙十分感激。

「真的很感謝你們，有你們這樣的好朋友，我想桐桐已經可以瞑目了。」

他們要離開劉家的那一天，劉奶奶一邊拭淚，一邊說。

聽到老奶奶對劉梓桐的暱稱充滿溺愛之情，江雨寒不禁鼻酸。要是老奶奶知道她最疼愛的孫女不僅慘遭虐殺，死後更化為厲鬼作祟，不知將做何感想。

「請不用客氣，今後如果有任何需要幫忙的地方，還請您聯絡我們，就像以前一樣。」承羽親切地說。

劉奶奶感激地點點頭，「你們對我太好了。對了，阿環呢？她這幾天怎麼沒有來？」

劉梓桐失蹤之後，麗環就時常和承羽一起到劉家探視老奶奶，如今劉梓桐終於找回來了，麗環卻一直沒有出現，不禁讓老人家感到疑惑。

「這……」承羽遲疑片刻。

「麗環前輩出差了，所以不能來。」見承羽有所猶豫，江雨寒連忙回答。

為了不要讓老奶奶為麗環的現況擔憂，她說了一個善意的謊。

「原來是這樣，難怪呢。有空的時候，再請你們和阿環一起來看我，很久沒見到阿環了，我很想她。」

「好的，我們和麗環前輩一定會再來，也請您好好保重。」江雨寒說。

處理完劉梓桐的後事，她也該回村子了。

黃昏時分，承羽開車送她前往車站。

「妳一定要連夜趕回去嗎？」明知這個問題不會有第二個答案，他還是忍不住這樣問。

「嗯，琴姐說，小島田先生這兩天就會抵達台灣，我還有很多事想請教他。」

「妳手上的傷，復原情況還好嗎？」他看向她纏著繃帶的左手，關懷之意溢於言表。

「好多了，回去之後，我會定時去醫院換藥。」

「等我這裡的工作告一段落，就請假回村子和你們會合。」

「好。」

兩人都靜默之後，微有一種尷尬的氛圍在狹小的車內空間擴散蔓延，這是以前不曾有過的現象。

她想起劉梓桐說過承羽喜歡她的事，感到格外不自在。

但劉梓桐大概是誤會了。組長這樣各方面條件優越的人，一定早就有女朋友了，應該是她在組長房中看到的那張照片中人吧？像照片中那麼漂亮優雅的女生，跟組長才是天生一對，劉梓桐真是糊塗了，連情敵都會搞錯人……她暗自苦笑了一下。

「對了，我上一次問妳的事……」承羽突然開口問道。

「什麼事？」

「妳知道劉梓桐是怎麼死的？麗環說她死狀奇慘，究竟遇到什麼事？」

江雨寒沉默片刻，緩緩搖頭，「其實我也不清楚。」

她猜想，劉梓桐或許不希望讓組長知曉那些悲慘的往事吧？既然害死她的那些惡人已經為自己的罪行付出代價，再提這些似乎也沒有意義。

說起劉梓桐，自從她受到爺爺留下來的五雷符重創之後，好幾天都沒出現了，為她舉辦超渡法會時也感應不到她的氣息，該不會真的魂飛魄散了？

江雨寒正這樣想著，驀然瞥見遠方蚊蚋群聚的路燈下站著一個似曾相識的白色身影，一頭長髮覆面。

……到底有完沒完？她瞪視著那個身影，心底湧升的厭煩感遠大於恐懼。

「怎麼了？在看什麼？」承羽注意到她輕蹙眉尖的細微表情。

「那個。」江雨寒指著佇立在水稻田邊那個陰魂不散的鬼影。

承羽順著她的指示望去，卻面露困惑。「那邊有什麼東西？」

「呃？」

她不禁愣住了。難道組長竟看不見嗎？

第二十二章　貓咪神使

返回山上別墅之前，江雨寒順道幫玉琴和麗環採購了消夜和日常生活用品，前往醫院。因是深夜，只能從急診室進出。她手上提著大包小包，正要走進急診室大門，身後突然傳來一陣急促雜沓的腳步聲。

她怕擋到急診的人，盡量往左邊靠，卻還是被一股很大的衝擊力道從背後撞得向前撲倒。她反射性地伸手撐地，不慎牽動左手上的傷口，忍不住低呼了一聲。

「幹妳娘沒長眼睛是不是？擋在這裡是死人啊？擋到人還敢叫，叫三小？是在叫春喔！媽的賤貨！」

身後揚起一個狠戾而有點耳熟的聲氣，江雨寒微怔，轉頭一看——

果然是黃可馨。

她扶著一個右半身大範圍擦傷、傷口血肉模糊還在滲血的年輕男子，身後跟著兩名少年。對方看到江雨寒的瞬間也愣住了。

「是妳！我正要找妳還找不到，這裡遇到正好……」黃可馨咬牙切齒地說。

「先帶我去急診啦！他媽的痛死我了！」傷勢慘重的男子痛得不斷哀號。

「靠么喔！有夠沒用欸！騎個車也能自己摔成這樣，真他媽廢物！」黃可馨罵道，惡狠狠地瞪了江雨寒一眼，這才拉著那名男子快步走進急診室。

探視過麗環之後，江雨寒搭乘計程車回到山村的別墅。

她站在門外，從背包摸索大門的鑰匙。驀然一隻大手悄無聲息地自後方伸過來，用力摀住她的口鼻，接著數隻手掌同時架住她的胳膊和肩膀，將她整個人往後拖。

就像夢中劉梓桐的遭遇一樣。

江雨寒既驚且恐地奮力掙扎，但對方似乎人數不少，好幾隻手抵死壓制著她，以她的氣力根本無法抗衡。

她被拖到別墅附近的雜樹林，嘴巴貼著數層膠帶、雙手反綁在樹幹上。此時明月在天，藉由稀疏相思樹葉間篩落的皎潔月光，江雨寒看清楚了包圍著她的這些人。

對方有五個人，四男一女，清一色戴著黑色口罩，男的她或許不認識，不過她可以確定那個女的正是黃可馨，因為剛在醫院見過。

對方還因為阿凱的事深恨著她嗎？

黃可馨當初口口聲聲說是她害慘了阿凱，到底是什麼事讓她的恨意如此根深柢固？莫非是與阿凱始終不肯說明的「李代桃僵」有關？

她很想趁機問清楚，可惜嘴巴被膠帶緊緊黏住，發不出聲音。

「乾哥你看，我對你不錯吧！這賤人長得還可以吧？」黃可馨看向她的眼神充滿惡意。

「嘿嘿，很可以、很可以！」那名較年長的男子興致勃勃地搓著手，緊盯著江雨寒的眼睛流露出猥瑣淫邪的目光。「妳剛打電話給我的時候，我還擔心了一下，雖然妳答應我完事之後就讓我上，但如果要叫我強姦一頭母豬的話，我還是會很為難的！」

「你是我乾哥，我才第一個打電話給你，不然想強姦這賤貨的人多的是！」

「算妳有點良心！不過村子裡哪來這麼好的貨色，我怎麼從來沒看過？」

「欸……那個……」默默站在一旁的矮小少年突然小聲地說：「鍾哥，這個女生……好像是大嫂欸……」

「大嫂？」被稱為鍾哥的年長男子驟然一驚：「阿凱的女人？」

「阿達你再亂講話，小心我切了你！」黃可馨揮舞著手上的瑞士刀威嚇他。

「真的啦……我沒亂講。」阿達低聲抗辯，聲音聽起來好像快哭了。

「你這王八蛋！再給我胡說八道試試！」

黃可馨拿著瑞士刀惡狠狠地逼近阿達，卻被鍾哥制止了。

「阿達，誰跟你說這個女人是大嫂？」鍾哥問道。

「上一次老大叫我們去拆山豬吊的時候，這個女……大嫂也在，雷哥交代我們叫大嫂，然後老大說不准拿她開玩笑，然後雷哥就不敢講話了……我想應該真的是大嫂吧，我們……我看我們還是……」阿達結結巴巴地說，似乎想說些什麼，又怕惹毛黃可馨，命根子不保。

「我操妳媽的！阿凱的女人誰敢動啊？」鍾哥震驚地轉向黃可馨罵道：「妳想害死我是不是？」

「你比阿凱大那麼多，還這麼怕他，年紀是活到狗身上去了？」黃可馨冷冷地譏嘲。

鍾哥略覺困窘，改口說：「我……我不是怕他，我、我跟阿凱是好兄弟，這種事我做不出來！而且要是讓阿凱知道這件事，大家都會死得很慘，犯得著嗎？」

「怕三小？強姦完之後，找個地方把她埋了，大家都不說，誰會知道？」黃可馨說。

江雨寒驚懼地看著黃可馨，殺人棄屍這麼可怕的事，她卻輕描淡寫，完全不當一回事。

鍾哥搖搖頭，「妳是我乾妹，為了妳好，我才警告妳——快點把這個女生放了，阿凱的人，你們惹不起！」

他說完之後，逕自轉身走開。

「喂！你去哪？你答應我的事呢？你不是一直很想上我嗎？」

黃可馨對著鍾哥的背影大喊，對方卻頭也不回地走出樹林，沒多久就聽到摩托車疾馳下山的引擎聲。

三名少年面面相覷，互視的眼神透著惶恐。

「鍾哥該不會跑去告訴阿凱哥吧？」其中一人顫慄地說。

「這爛貨害阿凱被罰坐禁，不知道什麼時候才能出來，你怕屁？」黃可馨瞪了他一眼。

「不是啊，老大要是聽說了這件事，妳以為他不會馬上衝過來宰掉我們嗎？」另一個人害怕地說。「不玩了！我要回家！」

兩名少年連忙相偕離去，眼見叫不回來，黃可馨氣得瞪眼。

樹林中只剩下江雨寒、黃可馨和阿達三個人。

阿達怯怯地瞄了江雨寒一下，有些不知所措。

「我……我突然想起來，我要去幫我阿公挖竹筍，我先走了……」他畏畏縮縮地丟下這句話，想轉身溜掉。

「你他媽的給我站住！三更半夜，你去哪裡挖竹筍？」

「我……反正我要走了，沒我的事……這不關我的事啊！」阿達說著，拔腿狂奔。

「一群廢物！垃圾！沒有用的東西！全都去死好了！」黃可馨恨恨地咒罵，右手握著瑞士刀，蹲到江雨寒身邊。「我至少要把妳這張可恨的臉劃爛才甘心！」

看著鋒利的刀尖在眼下晃來晃去，江雨寒並不畏懼，因為更恐怖的事她都遇過了；且既不靠臉吃飯，毀容也沒什麼可怕。

她認命地閉上眼睛，靜候著即將來臨的刺痛感。

等了許久，預期中的疼痛並沒有降臨，反而等到了黃可馨的慘叫聲。

她睜眼一看，原本月光通明的樹林不知何時變暗了，眼前黑霧瀰漫，霧中立著一個白衣黑髮的背影。

狼狽倒在泥地上的黃可馨對著這個身影慘叫不歇，大張到超越人體極限的眼睛和嘴巴呈現出駭人的驚恐。

是……劉梓桐？她竟跟著她回來了？

黃可馨連滾帶爬地逃出雜樹林之後，劉梓桐鬆開江雨寒身上的繩索。

江雨寒撕掉封住嘴巴的膠帶，對著她說：「謝謝妳，沒想到妳會救我。」

劉梓桐身上仍繚繞著陰邪的黑氣，因受五雷符重創而少掉半邊臉的面孔更加猙獰恐怖，但一身白色長洋裝似乎乾淨多了，裸露在外的皮肉看起來也不像以前那樣腐爛得厲害。

不知道是不是錯覺，她總覺得劉梓桐散發的惡意彷彿減少了。難道是那持續數晝夜不間斷的解冤洗業法事奏效了嗎？

「雖然不甘心，我還是要感謝妳對我阿嬤的照應……」

她平靜的聲音像涓涓細流，緩緩流進江雨寒心裡。

「妳知道了？」

因為同情劉梓桐的奶奶年老貧寒，她前幾天從承羽那裡問到老人家的帳戶號碼，決定每個月匯一筆生活費給她。

「我已經變成這樣，即使想照顧阿嬤，也無能為力，謝謝妳做了我做不到的事。」

「我這樣做不是為了妳，只是可憐老人家無依無靠，不忍心看她年紀那麼大了，還要受飢寒所苦。」江雨寒說。

「我知道……」

「在我有生之年，一定會好好照料妳阿嬤，組長也會盡力幫忙，這樣妳就可以安心的去投胎了吧？」

劉梓桐晃了晃僅存半邊的頭顱。「我罪孽深重，早已無法超生。」

「為什麼？」江雨寒驚訝地問。「因為妳抓走片場那六個壞人的關係嗎？可是那些人罪有應得、死有餘辜……」

「妳知道承羽的女友嗎？」劉梓桐問道。

「是組長房中照片裡的那個女孩子嗎？」她不確定地說。

她直覺認為那張照片裡的美女就是組長的女朋友，不過這個猜測未曾得到證實。有一次她向組長問起這件事，但碰巧被小鴻打斷了。

「是……那個人，應該說是承羽『以前』的女友。」

「以前？什麼意思？」

「照片中那個人，已經死了。」

「死了？」江雨寒十分詫異。

她回想起照片裡的女孩子，雖然記得不是很清楚，但印象中是一個非常美麗的女子，大約二十來歲吧。怎麼會年紀輕輕的就……

「有一次，她開車來找承羽，在公司附近撞上電線杆，當場身亡……」劉梓桐說。

江雨寒感到相當惋惜，想必組長一定很難過！如果那個女孩子還活著的話，她和組長還真是郎才女貌、天生一對……

可是劉梓桐怎麼會突然提起這件事？她心裡頓時竄出一個不妙的念頭。

「難道是妳……」她蹙著眉頭看向劉梓桐。

劉梓桐沉默了，殘缺的嘴唇緊緊抿著。

「我不是故意害死她。」過了許久，她在心裡微弱地辯解著。「雖然我嫉妒她，但我沒有想過要她死……我只是想嚇嚇她，所以我現身在副駕駛座看著她……」

江雨寒一時不知該說什麼。她相信劉梓桐或許不是存心害死組長的女友，但一般人給她這麼一嚇，很難不出人命吧！

「雖然我不是故意害死她，但我知道她是因我而死，這是我背負的罪孽……」

聽見劉梓桐心底的哀傷，江雨寒又覺得她有些可憐了。

沉淪鬼道，永不超生，說不定比魂飛魄散還悲慘吧……

「像前幾天為妳辦的那種法事，對妳有幫助嗎？如果有幫助的話……」

「我罪孽深重，得不到救贖，那些咒語法器的聲響對我來說，就像烈焰焚身，只是增加痛苦。」

「原來如此……那我能幫妳做點什麼嗎？能力所及，我盡力而為。」她同情地說。

「……謝謝妳和承羽為我誦經，在遠處聽著你們的聲音，心底的恨意和執念似乎稍稍減輕了……」

「如果這樣對妳有益，我會持續為妳誦經的。今後有什麼打算呢？」

「在鬼差來抓我之前，我想多陪陪我阿嬤……」

「妳已經放棄組長了？」她忽然明白組長看不見劉梓桐的原因了。

「……承羽是個好人，我不想再讓他為難……還有，謝謝妳幫我保守祕密……」

她說的祕密，是指生前遭遇的那些事嗎？

江雨寒正想問清楚，山下雞啼劃破寂靜，東方天空曙光乍現，林中黑霧頓時斂去，劉梓桐的身影也漸漸消失，樹林裡只剩她一個人。

她從雜樹林徒步走回別墅，抵達大門時，天色已經很亮了。

轉頭眺望村子的方向，西北山區仍是密雲橫峰。

小島田光抵達台灣之後，由小鴻和阿星開車去機場接他。

本想先送他回別墅安頓行李、稍事休息，但在他本人的堅持之下，他們就直接帶他到醫院探視麗環了。

和小島田見面之前，眾人雖不至於幻想著會看到一個頭戴烏帽、身穿狩衣、做神官打扮的人，只是難免覺得應該多多少少有些與眾不同吧！畢竟是神社裡的神職人員。

沒想到小島田只是普普通通地穿著襯衫和牛仔褲、揹著運動型背包，從相貌到裝扮都沒有任何特異之處。

不過如果像玉琴說的，他和麗環曾經是大學同學的話，現在應該至少有三十歲了，然而他看起來卻像個大學生，大概是那張娃娃臉的關係。

小島田一踏進麗環的病房，江雨寒就一直盯著他看，看得目不轉睛，而小島田也直望著她，稚氣的臉龐微露困惑。

「這兩個人怎麼回事？一見鍾情？」阿星促狹地笑著對小鴻說。

玉琴用力肘擊了阿星一下，小聲罵道：「沒禮貌欸你！」

她走向小島田說：「你好，小島田先生，好久不見了，我是麗環的朋友玉琴，之前曾到府上打擾。謝謝你遠道而來。」

她不像麗環和小島田光那麼熟，不過因麗環的關係，曾有數面之緣，彼此也不算陌生。

小島田移回目光，「妳好，琴小姐，好久不見。」

他說的中文微帶奇腔異調，咬字發音倒是清晰明確，大概是下過苦學功夫的。

「這位是我們的同事，也是麗環的好朋友，小雨。」玉琴這樣介紹。

小島田再次看向江雨寒，口中喃喃說道：「是巫女呢……」

玉琴愣了一下，有些莫名其妙的尷尬。「呃……小雨不是巫女。」

「是的，我知道……只是這位小姐身上有種奉獻的特質，讓我感覺跟巫女相似……」

阿星聽了小島田的話，皺了皺眉頭，低聲對小鴻說：「聽起來不像什麼好事啊，奉獻不就是犧牲的意思嗎？」

小島田走向江雨寒，客氣地說：「失禮了，我一直看著妳，嚇到妳了嗎？」

當他靠近的時候，身上飄來一種焚燒芥子的淡淡氣味，讓她覺得有些異樣，不過更讓她好奇的是從剛才就一直盤踞在對方右邊肩膀上的那個東西——

一團橘色的、毛茸茸的，看起來很像某種可愛生物。

「不、沒有……抱歉，那個……」她猶豫片刻，終究還是提出心中的疑問：「請問你肩膀上那個……是貓嗎？」

照理說，醫院裡不可能出現貓的，還這麼明目張膽地蹲踞在人類的肩膀上出入病房，而且琴姐他們好像也都沒察覺？難道是她眼花了？

小島田詫異地張大眼睛，「妳竟然看得到？」

「貓？哪裡有貓啊？」玉琴和阿星四下張望。

「這是御神尊的使者，雖然原本不是這樣的……」小島田苦笑著輕撫肩頭上那隻橘貓，貓咪微眯起眼睛，看起來就像普通的貓那般溫順。

江雨寒不知道御神尊是什麼，但從語氣聽起來，大概是對方所侍奉的神明大人吧！

「是神使？稻荷神社的神使，不是狐狸嗎？」小鴻疑惑地問。

「噢，我已經離開稻荷神社。當初是為了神職位階的晉陞，在大社見習。現在回到自家的式神神社，為了接任家父的位置而努力修行著。」

「令尊是宮司兼神主大人吧？真是了不起！我和麗環參拜過你們家的神社，規模也不小呢！」玉琴說。

「宮司」是一般神社中的最高職階，即為神社的管理者，「神主」則是祭祀相關神事的總負責人。

「是，不過那是以前的事了……」小島田悵惘地笑笑，不待其他人發問，逕自轉移了話題：「對了，我先看看麗環的狀況。」

他走到病床邊，看著沉睡中的麗環。只見他將右手掌輕輕移到麗環的額頭上方，接著閉上雙眼，口中念念有詞，像在感應什麼。

過了一會兒，他睜開眼睛說：「果然如同你們說的一樣，麗環的魂魄不完整，而且體內棲息著一條亡者的靈魂。」

「亡者的靈魂？」眾人又驚又怕。

他們不約而同想起之前麗環曾用日文說夢話的事，當時玉琴就覺得那說話的聲音根本不像麗環。

「大概是在那個防空洞的時候被附身的吧。」小島田說。「因為麗環的魂魄失落，身體像一個墟洞，亡靈就很容易乘虛而入了。」

「就是這個附身的亡靈害麗環昏迷不醒嗎？」阿星問道。

「那倒不是。這亡靈本身沒有什麼力量，單純依附在麗環體內，並不為害。你們若是想將它驅離，也不困難，不過即使驅離了亡靈，麗環也不會因此醒過來，我們還是要去出事的地點招回她的魂魄。」小島田慢慢地說。

「這……還是先請你設法驅除吧，聽起來怪可怕的。」一想到竟有恐怖的亡靈附在麗環身上，還整天和她生活在一起，玉琴就毛骨悚然。

小島田點點頭，「我知道了。」

他打開隨身的背包，拿出一些像是法器的東西擺在桌上，有用榊木和紙垂製成的祓串、一大捆乾稻草編成的注連繩、數小包驅魔用的白芥子、粗鹽，還有一長串鏤刻著佛號的桃核念珠。

「你不是侍奉神道嗎？神道也用佛珠？」在一旁看著的小鴻忍不住問道。

「為了修習更多的法力，我在回到本家神社之前，也曾當過和尚。」小島田一邊說，一邊拉開繫著白色紙垂的注連繩，沿著病床垂掛。

阿星掩著嘴巴偷偷地說：「似乎是個對宗教信仰三心二意的傢伙啊，真的靠得住嗎？」

江雨寒壓低了聲音說：「明治時代以前，日本宗教還是神佛習合❶，有些神社還跟寺廟蓋在一起的，佛道雙修或許也沒什麼奇怪吧？」

「先看他表演再說。看這布陣的架勢，說不定真有兩把刷子。」小鴻低聲說道。

眾人竊竊私語間，小島田已用注連繩將病床圍成一圈，形成結界。

「我只希望麗環的主治醫師千萬不要挑這個時候來巡房！」玉琴雙掌合十祈禱。

江雨寒知道她深怕又被醫生罵，忍不住偷笑了一下。

布置妥當之後，小島田手持祓串在麗環頭上輕輕揮舞，口中唸著向神明祈願的祝詞。

江雨寒持續注視著他肩膀上的橘貓，只見那隻貓打了個呵欠，彷彿百無聊賴，慵懶欲睡。大概是這種小場面還不需要神使出馬？

過了一會兒，她看到左邊的牆角隱隱約約浮現一個小小的身影，起先很模糊，後來越來越清楚——

是一個穿著不合身的襤褸軍服的少年，雙手環抱膝蓋坐在牆角，削瘦的臉看似毫無表情，又像有點徬徨無助。

她忍不住驚呼一聲，玉琴等人順著她的目光望過去，也都被那異常清晰的亡靈嚇了一大跳，紛紛後退。

小島田拿著祓串走近少年軍魂，用日語和對方溝通。

江雨寒不懂日語，不知道小島田說了些什麼，不過從少年士兵的表情看來，是完全無動於衷的樣子。

小島田見無法溝通，重新唸起祝詞，同時揮舞著手中的祓串。

不知賣力地唸了多久，小島田頭上簡直要冒出黑煙，少年士兵還是兀自抱著膝蓋出神，沒有任何反應。

江雨寒好奇地打量起那個身穿軍服的亡靈。

他的年紀看起來很小，可能只比鈞皓大一點，大概十六、七歲吧？身體又瘦又小，破破爛爛的軍裝穿在身上十分不協調。

兵燹無情，這麼年輕就為國捐軀了嗎？不知心裡懷著多少憾恨而死去呢……她不禁非常同情對方。

「對方的執念比我預想的還強烈許多，堅持不肯成佛，勸說引導無效，看來只能換個方式了。」小島田放下祓串，拿起長串念珠，改唸起心咒真言。

少年亡靈立刻對真言起了反應，原抱膝的手緊壓著耳朵，瘦小的身體顫慄地縮成一團。見真言奏效，小島田更加集中心力施咒。只見痛苦扭曲的形體漸次模糊，似霧氣將散。難道小島田先生想強制除靈、使對方魂飛魄散嗎？江雨寒心中大驚，不及細想，連忙快步上前制止——

「小島田先生，請放過他！」她按住小島田撥動念珠的手。

咒語停止的瞬間，少年亡靈立即乘隙逃逸，飄忽的身形朝門外一閃，消失無蹤。

「不見了？」阿星驚喊。

「看來是逃走了。」小鴻惋惜地說。「差一點就除靈成功了呢。」

「小雨也真是的！怎麼可以放他走呢？那可是貨真價實的亡靈啊！妳以為是在放生小動物？」玉琴忍不住埋怨。

「可是……我覺得他很可憐啊。」江雨寒不忍地說。

「妳！」玉琴氣得跳腳。「非我族類，其心必異！是哪裡可憐了？」

「妳這樣說，好像傷到小島田先生了欸……」小鴻小聲地提醒。

玉琴驚覺自己不該當著小島田先生這位日本人說這句話，慌亂地解釋：「對不起！我沒有這個意思，我的意思是，人鬼殊途……」

小島田不以為意地擺擺手，「沒事。放走那個亡靈，其實也沒什麼，他不敢再回來，也沒有作亂害人的能力，隨他去吧！」

肩膀上的貓像在呼應他的話似的，打了一個大大的呵欠，呼嚕呼嚕地睡著了。

江雨寒打掃出位於別墅三樓的一個客房安置小島田光。

如今三樓住著三個大男生，而偌大的二樓因麗環和玉琴不在，只剩她一個人。晚上從醫院回來之後，趕稿趕到半夜兩點多，直到眼皮再也睜不開，她才熄燈上床睡覺。

由於昨晚折騰了一整夜沒闔眼，原以為躺下後會立刻昏睡的，沒想到竟睡不著——總覺得黑暗中有人在凝視她，那種詭異的注視感讓她無法安心地睡去。

輾轉反側了一會兒，她索性拉開睡袋起身。

一坐起來，就看到一個黑色的人形立在床尾，有如剪影。

她嚇了一跳，連忙伸手打開床頭燈，藉著昏黃的光線才看清楚，原來是之前棲息在麗環體內的少年亡靈。

他的容色灰敗、神情慘沮，蒼白的嘴唇一張一翕，似乎在說些什麼。

1 神佛習合，意指外來的佛教信仰和日本本土信仰兩者折衷融合。

第二十三章　嚴刑逼供

少年亡靈發出的聲音非常微弱，且斷斷續續，在昏暗的空間裡幽幽迴盪，若有似無。

由於深感同情，江雨寒對這乍然出現在房裡的亡靈並不畏懼。她想知道對方意圖表達什麼，好奇地挪近諦聽，但僅能聽到不甚完整的隻字片語。

「……na ka…… ga…… su i ta……」對方似乎一再重複著這樣的句子。

聽起來像日文發音，可是聽不懂。她不禁後悔自己當初沒有好好學習日語。

小鴻和組長都懂日語，打電話問他們，應該可以得到答案，不過這個時間實在不適合擾人清夢。

猶豫片刻，她起身下床，走到少年亡靈前方。

對於她的靠近，少年沒有閃避的意思，只是面無表情地注視著她。

「不好意思，你說的是日語吧？我不懂日語。我試試看這樣做能不能了解你的意思——失禮了。」她對他說。

根據上一次觸碰劉梓桐的經驗，透過靈體接觸或許能感應到對方的想法吧？只是不知道會不會受限於語言的隔閡，以至於無法理解呢？

反正也沒有其他方法，就姑且一試吧。

江雨寒抱持這樣的想法，緩緩伸出右手，輕觸少年削瘦的臉頰。

指尖傳來異常冰冷的觸感讓她心頭一震——她沒想到會摸到這麼真實的靈體，簡直像堅硬的冰塊一樣。

緊接著一陣劇烈而帶著苦痛的飢餓感猛然湧升，頓覺腹中灼燒如焚。

她錯愕地縮手，飢餓感瞬間消失。

「你肚子很餓？」她憐憫地說：「也難怪，你這麼瘦，生前一定長時間處於飢餓狀態。你跟我來。」

走到房門口，江雨寒回頭一看，發現少年還站在原地望著她，這才想起對方大概也聽不懂她說的話，於是對他招了招手，示意對方跟上。

少年遲疑了一下，以飄忽的步伐跟了過來。

江雨寒走到一樓的廚房，繫上圍裙、戴上防水手套，從塞滿生鮮蔬果的冰箱挖出大量食材，開始煮飯做菜。

在左手傷口未癒的情況下進行烹飪，實在是很吃力，但因為沒有現成的熟食，若叫對方吃罐頭泡麵好像也太可憐，所以她忍著疼痛盡力張羅。

少年站在廚房一隅，靜靜看著她忙碌的背影。

經過一個多小時，香氣四溢的菜餚一道一道地擺上餐桌，有烤秋刀魚、煎蛋卷、薑燒豬肉、馬鈴薯燉肉、日式炸雞塊、蔬菜天婦羅、鮭魚味噌湯，還有一大盤海苔捲壽司，以及一壺熱茶。

江雨寒在桌上擺好餐具，對他說：「我不擅長日式料理，但我試過味道，感覺還可以，快點來吃飯吧！」

少年看了看滿滿一桌的菜色，又看了看她，不為所動。

她以為對方不了解她的意思，於是拉開一張餐椅，對他做出「請坐」的手勢，然而少年仍是面無表情地看著她。

「你不想吃嗎？還是……不能吃？吃不到？」她困惑地和他對望。

對方畢竟是鬼魂，能吃人類的食物嗎？她認真思索著這個問題。

要怎樣讓已故的亡靈享用食物？

她想起以前中元節親戚們進行普渡的情景，連忙跑到儲藏室翻找出兩枝線香，點燃後對著少年誠心祝禱：「這些餐點是專程為你準備的，請不用客氣，盡量享用吧！吃完後餐具放著就好，我明天會起來收拾。那我先去睡了，你慢慢吃……」

她把線香插在秋刀魚上，雙掌合十對少年拜了幾拜，轉身上樓睡覺。

經過這番勞碌之後，她很快就睡著了。

在沉沉的夢裡，她看見那名穿著軍服的少年又出現在她床邊，對著她深深一鞠躬，然後消失不見。

隔天上午醒來，她到廚房查看，發現昨夜那些菜餚已經徹底灰化，就像上一次給鈞皓的那顆巧克力一樣。

那位少年應該有吃飽吧？這樣他就能安心成佛了嗎？不知道還有沒有機會再看到他呢？江雨寒一邊收拾碗盤，一邊想著。

原本還想問他關於防空洞指揮室的事，可是既然語言不通，想來問也沒有用，她還是自己去尋找線索吧！

接近中午的時候，江雨寒開車載小島田到防空洞外查看情況。

雖然此時豔陽高照，小島田下車後卻不由自主打了個寒顫。

她注意到原本在他肩頭沉睡的貓也坐了起來，琥珀色的眼睛微瞇地望向深邃的防空洞。

小島田走近洞口，洞內吹出的狂風瞬間拂亂了他的長大衣和圍巾。

「小島田先生，請不要再靠近。」在他踏進防空洞之前，她連忙出言提醒：「如同我剛才說的，如果沒有絕對的把握，不能隨意進入，裡面很危險，可能一進去就出不來了。」

小島田在洞口停下腳步，一臉凝重的神色。「我知道。裡面的怨靈太驚人了。」

「怨靈？」

「是的，感覺是怨念非常強烈的惡靈集合體，從洞裡吹出來的風，帶著它們對我的警告。看來十分凶險啊……」他眉頭深鎖。「如果不是有一個強大的結界鎮壓住那些惡靈，這附近的村落應該早就滅絕了吧？」

「你能感應到結界？」

居然不用深入防空洞就能感應到風天法陣，她對小島田的能力更加敬佩了。

小島田點點頭，「設下這個結界的人實在非比尋常呢，這位大德還在嗎？」

「已經不在人世了。」

「果然，能設下這種結界的高人如果還健在，你們也不需要委託我。」小島田望著防空洞深處，露出深思的表情。

「我聽說，麗環前輩失落的魂魄正受困在結界之內，想要援救，恐怕有困難。」江雨寒擔憂地說。

「是這樣子嗎？那確實是非常困難。這個結界不是一般人的力量能夠突破的，否則也無法將怨力那麼強大的惡靈封印在此了。」小島田皺了皺眉頭。「不過比起那個，我現在更擔心另一件事。」

「什麼事？」

「這個封印雖然很了不起，但已經出現明顯的裂痕，如果不設法補救的話，被壓制的怨靈遲早會突破結界的，我能感應到它們已經在蠢蠢欲動了。這附近一帶，受到此地怨力的影響，大概非常不平靜吧？」

「嗯，這附近常有怪異的事件發生。」她將阿凱告訴她的事大略述說了一下。

「這表示結界快要撐不住了，真是棘手啊……」小島田深吸一口氣，又緩緩吐出來。「跟結界的問題比起來，救出麗環倒是小事了。可是要救麗環，恐怕會加速結界的崩壞……這就是它們引誘麗環的目的嗎？」

江雨寒突然想起蕭巖說過，防空洞裡那些怨靈的目標是她，而不是麗環，只是因為麗環靈感較強，所以很輕易就被引誘了。可是怨靈要她做什麼呢？

蕭伯伯又說，她的血意外地讓法陣出現一條暫時的通道，鈞皓困在防空洞的魂魄才能順利被接引出來，這是真的嗎？

她將心裡的疑惑告訴小島田。

小島田聽了，也十分詫異。「小雨小姐的血能破結界？難道……小雨小姐和設下這個結界的人有關聯嗎？」

「設下法陣的人是我爺爺。」

小島田一臉恍然大悟，「果然！那也就不足為怪了呀！」

「為什麼？」

「我對你們的『術』不太了解，但我猜測，大概是施術者在封印的過程中，加入了自己的血來強化結界的威力，也就是所謂的『血咒』。以血咒做為咒術的力量，雖然強悍無比，可是施術者一旦亡故，威力就會大為削弱，除非有人繼承了施術者的靈力血脈，才能繼續維持。原來小雨小姐竟是結界高人的繼承者嗎？真是深藏不露……」他的語氣透露出敬意。

江雨寒搖搖頭，「不是，我什麼能力也沒有。如你所見，我只是一個普通人而已。」

如果她有繼承到爺爺一星半點的靈力，大概就不會被惡靈整得一身是傷吧？她在心裡苦笑著。

小島田上下仔細打量江雨寒，連肩膀上那隻橘貓也轉過頭來，正色看著她。

看了老半天，除了那股和巫女相似的氣息之外，確實看不出任何特殊的能力。

他臉上的神情難掩失望，「真是相當可惜呢，如果有人繼承了這位結界高人的靈力，就不用為了封印的事在這裡傷透腦筋了呀……啊！非常抱歉，你們重金委託我來，我不應該在這裡說這些喪氣話的。」

「沒有關係。」她看得出來對方是真的很苦惱的樣子，心底不禁涼了半截，臉上帶著勉強的微笑。

如果連遠道而來的小島田先生都沒有辦法的話，還有誰能援救麗環呢？阿凱？不行！她絕對不能再連累他！

「小島田光！打起精神來呀！都還沒上陣，怎麼可以漏氣！」一旁的小島田突然用力拍打臉頰，替他自己加油打氣。

看著他孩子氣十足的舉動，江雨寒不禁莞爾一笑。也許情況沒那麼糟呢……

「小島田先生，可以請教幾個問題嗎？」

「請說。」

「結界的崩壞，是必然的事嗎？」

「根據我的觀察，這是毫無疑問的。」小島田肯定地說。「即使我們不去擾動，結界遲早也會自己崩毀，而且距離崩毀之日不遠了。」

「你有把握可以救出麗環前輩受困的靈魂嗎？」

「如果小雨小姐的血真的可以打開結界，我就有十成的把握。可是就像我剛才說的，跟結界的問題比起來，救出麗環只是小事──救麗環不難，怕的是這個舉動加速結界毀壞，造成的犧牲將無法估計。」

「萬一結界真的崩毀，你能應付嗎？」

小島田毫不猶豫地搖頭，「我必須很誠實地說，那麼強大的怨靈，不是我的力量所能對抗的。不要說重新設下封印，我連修補現有結界都做不到。不過，請妳不要感到絕望，結界尚可支撐一段時日，在結界徹底崩壞之前，我一定會努力想辦法的，請務必相信我。」

對方的語氣十分真摯誠懇，讓她彷彿在絕對的黑暗中看到一絲希望。

她相信小島田先生。「那就拜託你了！」

離開防空洞之前，她從車上拿出一枝盛開的紅花石蒜，放置在洞口處。

晚飯後回到房間，就看到鈞皓手上捏著那枝紅花石蒜，笑吟吟地坐在床沿看她。

「你來得還真快。」他的高效率讓她有些訝異。

「我都快無聊死了！本來前陣子就想來找妳玩，但妳身邊常有一些危險分子出沒——就像剛才從妳門外走過去的小日本鬼子。」鈞皓眉頭微微一皺。

「你說小島田先生？他不是壞人。」

「我知道他不是壞人，我也不是壞人啊，不過我想他大概不會樂意看到我。」鈞皓嗅了嗅手上的紅花。「說吧！找我什麼事呢？」

「想請你陪我去找一個人。」

「找我陪妳？這可真是稀奇了！」鈞皓瞪大了眼睛。「什麼樣的人需要勞駕我鈞皓大爺出馬？」

「我不會讓你做白工的。」她從背包裡拿出一大盒金光閃閃的巧克力遞給他，「這些酬勞夠嗎？」

「成交！」

鈞皓立刻丟掉那枝紅花石蒜，把巧克力抱在懷裡。

按照事先打聽來的地址，她把車開進山腳下一座三合院前方的曬穀場。

月光下的三合院十分老舊，瓦花叢生的屋頂看起來年久失修。大部分的房間都是黑漆漆的，只有右邊護龍的一扇小窗透出微光。

江雨寒試著打開那個房間的木板門。

「上鎖了。」她輕聲說。

「這種門鎖，從裡面一勾就打開了，還不簡單。」鈞皓說。

「所以我才帶你來啊。」

鈞皓俏皮一笑，從門縫鑽了進去，門鎖「咔噠」一聲，應聲而啟。

房門拉開之後，裡面立刻傳來慘烈的尖叫，只見有一個人躲在床上，用棉被將自己緊緊包裹起來。

「不要來找我！我什麼也沒做！不要來找我！我什麼也沒做！不要來找我！」那個人一邊尖叫，一邊重複著這幾句話。

「黃可馨，是我。」江雨寒對那個人說。

黃可馨聽到她的聲音，停止了顫抖，從棉被裡露出一顆頭。

「是妳……妳……妳怎麼還沒被鬼抓走？妳來這裡做什麼？」她畏縮的目光在江雨寒四周梭巡，若有所懼的樣子。

「我有事想問妳。」

「問我？哼！妳以為我會理妳嗎？」黃可馨雖然形容狼狽，卻仍嘴硬。

她就知道黃可馨不會乖乖回答她的問題。

江雨寒回頭向隱身在她背後的鈞皓說：「她不理我，怎麼辦？」

「對付這種人，只能嚴刑逼供囉！」

鈞皓跳到黃可馨床上，清麗秀雅的容顏在她眼前快速腐化，糜爛的肉泥一團團地掉在床墊，發出「啪嗒啪嗒」的聲響，滴溜溜、圓滾滾的兩隻眼球也滾到她手邊，兀自瞪視她。

黃可馨被眼前的景象嚇得連番慘叫，幾乎暈厥。

江雨寒微笑地看著她：「現在可以回答我的問題了嗎？」

「我說、我說……」黃可馨上氣不接下氣地求饒。

「這樣就招了，真不好玩。」鈞皓意猶未盡地回到江雨寒身後。

「如果她不老實回答，你就可以繼續玩了，我絕不攔你。」她轉向黃可馨問道：「妳說過妳恨我，是因為我害慘了阿凱，這句話是什麼意思？我做了什麼傷害阿凱的事嗎？」

驚魂甫定的黃可馨緊咬著下唇，似乎在猶豫要不要說。

看她這個樣子，急於知道實情的江雨寒心裡不禁厭煩起來。「不見棺材不掉淚嗎？」她冷冷地說。

眼見對方神情驟變，黃可馨連忙說：「妳知道阿凱……為什麼會變成神明的乩身？」

「現在是我在問妳問題。」

「他是為了代替妳。」

「代替我？」果然跟她猜想的一樣，但是為什麼呢？

「聽說一開始神明選中的人是妳，但妳爺爺不願意，不知道為什麼就變成阿凱代替。代替的條件是阿凱一生不能離開村子。」

阿凱曾經說過，她搬離村子之後，他很想去找她，但是沒有辦法。就是這個原因嗎？因為阿凱承擔了原屬於她的責任……江雨寒心中一陣難過。

「阿凱很可憐……我聽人家說妳的學歷很好，名校畢業，但是妳知道嗎？阿凱也很想讀大學，他也曾經考上很好的學校，可是他不能去外地唸書，這都是因為妳的關係！如果不是為了妳，他根本不用被困在這個深山的小村子裡啊！」黃可馨說著說著，好像忘記了方才的恐懼，語氣越來越憤慨。

不用黃可馨提醒，江雨寒也深切明白自己有多對不起阿凱。

成為正統神乩不是容易的事，即便是真正的神選乩身都未必能勝任愉快，何況是李代桃僵的人；阿凱從小吃的苦、受的罪她歷歷在目，而這一切竟是因為她的緣故。阿凱何苦呢？

江雨寒黯然地說：「我可以理解妳對我恨……」因為她也不由自主地憎恨起自己了。

「不是只有這樣而已！」黃可馨語出驚人。「前幾天我去探望阿凱的時候，聽到宮主在靜室外面和阿凱說話，宮主說，如果阿凱繼續跟妳在一起，妳一定會害死他的！宮主叫他不要執迷不悟！」

「我……我會害死阿凱？」她聞言如遭雷擊。「為什麼？」

「誰知道為什麼！反正宮主就是說妳註定會害死阿凱！所以與其讓妳這倒楣鬼、掃把星害死阿凱，我不如先弄死妳……」她咬牙切齒地說。她的想法很簡單，只要江雨寒死了，就不會害到阿凱，為了阿凱的生命安全著想，江雨寒必須死！

黃可馨接下來又說了什麼，她已經完全沒有心情聽了。

她跑出三合院，像一縷幽魂一樣在山邊的小路遊蕩，腳下漫無目的，腦海也一片空白。

「欸，我說小雨，為什麼妳有車不開，要用走的啊？」走了大老遠，一直跟在她身後的鈞皓終於忍不住出言提醒。

「咦？」她如夢初醒地停下腳步。「……我忘了我有開車來……」

「看來剛才那些話對妳打擊不小哇！不過那種女人說的話，妳也不用太相信，誰知道她在打什麼鬼主意，也許只是找藉口替自己惡劣的行為脫罪……」雖然從黃可馨的神情看起來不像造假，鈞皓還是這樣安慰她。

「蕭伯伯不會騙人，我一定會害死阿凱的……」她說著，強忍多時的眼淚奪眶而出。「怎麼辦呢？」

「這……」鈞皓不知所措地搔搔頭。「妳先不要哭啊……妳又還沒害死他！就……那就不要害死他就好了啊……欸！不要哭啦！我們先回車上再說，妳沒穿外套，站在這裡吹風不冷嗎？走啦走啦！」

他把哭哭啼啼的江雨寒硬拖回車上，本想轉移她的注意力，她卻伏在方向盤上大哭。

鈞皓正一臉無語問蒼天的時候，她丟在車上的手機響起來了。

「太好了！救星！」他立刻接通來電，將手機硬塞到她耳邊。

「小雨，我出關了。」電話彼端傳來阿凱的聲音，聽起來有些淡淡的疲憊。

「阿凱！」她慌張地緊握著手機。「你在哪裡？」

「我剛回到家就先打電話給妳。等一下去找妳好嗎？」

「我現在去找你，等我！」她不由分說地掛斷手機，發動車子朝阿凱家而去。

阿凱洗過澡，下半身圍著大毛巾走出浴室。

正想吹乾頭髮，江雨寒突然十萬火急地衝入房中，撲進他懷裡，讓他嚇了一大跳。

「小雨，怎麼了嗎？」他緊張地問。「發生什麼事了？」

江雨寒沒有回答，只是把臉埋在他胸前，緊緊抱著他。

他驀然感覺胸膛一陣濕潤，似有暖流緩緩淌過。

「妳在哭嗎？到底怎麼了？」

她異乎尋常的舉動讓阿凱十分焦躁，兩隻大手尷尬地懸在半空，不知該推開她，還是抱緊她。

難道是在他坐禁的這段時間，出了什麼狀況嗎？早知道應該叫雷包他們負責顧好小雨的！還有，跟在小雨身後跑進他房間的那個小鬼，又是怎麼回事呢？

阿凱的目光落在正不斷竊笑的鈞皓身上。

鈞皓沒發現阿凱在看他，雙手摀住自己的嘴巴，低頭笑得很樂，彷彿覺得眼前這一幕很有趣似的。

阿凱無奈地看著這一哭一笑的一人一鬼，滿頭霧水。

「阿凱，你瘦多了……對不起……」懷中傳來江雨寒帶著哭聲的低語。

「沒什麼，妳不要難過。妳到底怎麼了？看妳這樣……我很擔心。」

「對不起，我沒事。」她放開阿凱，低頭用纏著繃帶的手掌胡亂抹去臉上的淚水。「非常感謝你以前為我做的一切……我們……我們以後不要再見面了！」

沒頭沒腦地說完這些話之後，她火速轉身跑出阿凱的房間，一如來時的莫名其妙。

「小雨！」

阿凱本欲追下樓去，但忽然想到自己這副衣衫不整的樣子去追小雨，被他那對好事的父母看到的話，他們八成又要大張旗鼓地籌辦他和小雨的婚事了。

他自己當然無所謂，可是小雨一定會被他們弄得很尷尬。思及此，他不禁止步。

鈞皓憋笑憋得臉頰都鼓起來了，見小雨跑掉，正要跟著跑，冷不防被阿凱從背後一把拎起來。

「小鬼，笑夠了沒？」

第二十四章 妖氛四起

「哇哇哇哇哇！救人！救人啊！放開我啦！」被拎在半空中的鈞皓拚命掙扎求饒。

「敢明目張膽跑到這裡，你連鬼都當膩了？」阿凱沒好氣地說。

「我明明有隱身啊！哪知道你還是看得到我！」鈞皓哭喪著臉。早知道小雨要找的這個人如此恐怖，他就不跟來看戲了！真是後悔莫及。

阿凱突然鬆開大掌，重獲自由的鈞皓頓時飄飄落地。

「坐下！」

正準備腳底抹油的鈞皓聽到這個指令，立即跪坐下來。他也不知道自己為什麼這麼聽話，總覺得眼前這個人的命令中帶著一股不可抗拒的力量。

阿凱走到一旁穿衣服，鈞皓惴惴然跪坐在原地，不敢擅動。他現在只期盼小雨能發現他不見了，趕快回來救他啊！

「你鬼鬼祟祟跟在小雨背後做什麼？」阿凱穿好衣服，坐在鈞皓前方的電腦椅上看他。

「冤枉啊大人！我沒有鬼鬼祟祟跟著她，是小雨拜託我陪她去找人的！」他連忙辯解。

「你叫她小雨？你跟她很熟？」

「我認識小雨好一段時間了。不要看我這樣，我好歹還救過她的！那時候她跟著她的朋友跑進防空洞，如果不是我，她早就被鬼抓走了！」他特意提起這件事，希望對方可以看在小雨的份上饒過他。

「哦，你就是那個防空洞裡的小鬼，小雨曾經提過。」

「對，防空洞的小鬼就是我！既然小雨曾經對你說起我的事，你一定知道我不是壞人，那可以放我走了吧？我雖然是鬼，可是從來沒做過什麼傷天害理的事啊……」鈞皓一臉可憐兮兮地說。

如果嚇人不算的話，他確實沒做過壞事。不過他覺得嚇黃可馨是替天行道，那也不能算是壞事。

阿凱沒理會他苦苦的哀求，問道：「小雨拜託你陪她去找誰？」

「一個叫做黃可馨的壞女人。」

「找黃可馨？為什麼？」

「因為黃可馨經常找麻煩，所以小雨找她問原因。」

阿凱濃眉微蹙，一臉冷鶩。「她對小雨做了什麼？」

他森冷的表情讓鈞皓不自覺瑟縮了一下，「小雨沒有多說，我只知道好像前幾天那壞女人找了一些人押走小雨……」

阿凱登時拍桌而起。「黃可馨押走小雨？」

鈞皓看到阿凱像燃燒的爆炭一樣，身上散發騰騰殺氣，一副立刻要衝出去找人算帳的架勢，連忙說：「老大冷靜點！冷靜！小雨沒事！因為梓桐大姐出現的關係，那些壞人也沒得逞。你先冷靜……」

阿凱聽說小雨沒事，才鬆了一口氣。他放開緊握的拳頭，緩緩坐回椅子上。

「梓桐大姐又是誰？」

「是之前一直攻擊小雨的惡鬼，可是她現在變好了，小雨說那個梓桐大姐雖然很可怕，可是是個非常可憐的人。」

阿凱想起小雨脖子上那四道繚繞著鬼氣的黑色爪痕，還有她住在他家時，受到惡鬼攻擊的事。再加上眼前這隻小鬼……老與這些妖魔鬼怪糾纏在一起，她的日子到底怎麼過的呢？

「黃可馨這筆帳，我會好好跟她算。你先說剛才發生什麼事，為什麼小雨哭成這樣？」

「你要聽簡單的，還是詳細的？」鈞皓謹慎地問，唯恐自己不小心說了一大串，惹對方不耐煩。

「簡單說。」他急於知道小雨痛哭的原因。

「簡單地說，小雨大哭是因為怕自己害死你。」

「……」很好，簡單到他完全聽不懂。阿凱深吸一口氣，往椅背一靠，耐著性子說：「請你詳細說。」

阿凱無意間的客氣措辭讓鈞皓頓時心情大好，彷彿有一種備受尊重的感覺，於是他抖擻精神，盡責地把剛才小雨和黃可馨的對話一字不漏且十分傳神地轉述給阿凱。

阿凱聽得頭很痛，可是託鈞皓的福，他總算知道小雨因何痛哭了。

黃可馨竟把他最不想讓小雨知道的祕密告訴她！就是擔心小雨自責難過，他才執意隱瞞的……阿凱神情一黯。

鈞皓接著說：「小雨跑出那個壞女人的家之後，因為怕自己真的註定會害死你，所以就一直哭，我怎麼勸她都不聽，你打電話來的時候，她還在大哭。」

所以她才說再也不要見面了嗎？真是個傻瓜……阿凱無聲長嘆。

「我本來以為她看到你之後會好一點的，沒想到哭得更慘了，真傷腦筋。你現在要去找她嗎？」

「想，不過……」阿凱猶豫片刻，「暫時讓她冷靜一下好了。」

鈞皓點點頭，「也好，看這個情形，她大概也不肯見你。那……請問我可以走了嗎？該說的都說完了，應該沒有我的事了吧？」他小心翼翼地問。

「你現在去陪小雨。」阿凱出人意表地說。

「我？」鈞皓瞪大了眼睛。「我陪她做什麼？」

「如果她哭得太傷心，就想辦法安慰她，明天一早過來回報情況。」

「為什麼要我這樣……」鈞皓不滿地抗議。到底關他什麼事啊！為什麼他非得去盯著哭哭啼啼的小雨不可呢？他又不是小雨的保姆！

「或者你比較想留在這裡陪我？」阿凱打斷他的牢騷。

鈞皓的臉瞬間刷成青白色。「我去陪小雨！現在立刻就去！」他連忙站起來轉身就走。

在他逃之夭夭地竄出房門之時，背後傳來阿凱的警告——「小鬼，該迴避的時候就迴避，別亂看！」

「……我知道啦！」

隔天一早，阿凱召集村裡三十歲以下的年輕男子到他家。坐在薔薇花架下的涼亭中，眼見為數不少的年輕人頭部和四肢或纏著繃帶，或上夾板固定，他隱隱感到憂心。

「都到了嗎？」他轉頭問雷包。

剛清點完人數的雷包回答道：「這裡總共四十七個人，村裡的兄弟都到齊了，只差小鍾沒來，他老頭說他病得很嚴重，下不了床。」

「是嗎？」阿凱冷冷一笑，了然於心。

小胖說：「這小子一定裝病！老大叫他敢不來，我現在就去他家把他拖來！」

「不用。我出關之後，時間多得很，看他想玩什麼把戲，我陪他慢慢玩。」阿凱不以為意地擺擺手，目光轉向眾人。「最近村子裡不太平靜吧？你們傷勢這麼慘重。」

他這麼一問，大家連忙七嘴八舌地陳述最近的遭遇——

「老大，最近村子裡邪門得很啊！我晚上騎車騎到一半，突然前輪自己卡死，好像被人抓著一樣，我整個人就摔出去了！」

「我半夜下班回家，看到路邊大樹上倒掛著好幾個人，他們還笑嘻嘻地看著我，嚇得我魂都飛了！」

「我們前幾天去夜遊，騎著騎著，後座突然多出一個人，可是一下子又不見了！真是見鬼了！」

「前天經過防空壕附近的山路，耳邊突然傳來好淒慘的尖叫聲，叫得心裡發毛，我們好幾個人都聽到了……」

「蘭桃坑附近的山路才可怕，騎到一半路邊突然有黑影衝出來，害我當場犁田……」

阿凱默默聽著，神情越來越凝重。

他在坐禁期間，意外感應到西北防空洞妖氛擴散的景象，當時就有一種不祥的預感。看來這股怨靈之氣已經對村子造成實質上的影響，若不設法，恐怕將成大患……

「老大，庄頭現在變得很不對勁，我們該怎麼辦呢？」那些掛彩的年輕人害怕地問。

阿凱長長吁了一口氣，「我會想辦法。在那之前，你們把廟裡的香火符戴在身上，至少能抵擋一時。另外，西北防空壕、東北蘭桃坑、東南麒麟窟瀑布，這三處陰氣特重，沒事別靠近，夜間也少出門。」

「是，老大！」眾人異口同聲地答應。

「接下來，我要處理一點私人的事。」阿凱說著，掃視眾人的眼神轉為凌厲。「這幾天，誰做了不該做的事？自首無罪，要是讓我抓到……」

一語未完，人群中三名少年倏然跪坐在泥地上，其他人紛紛自動散開，將他們三個圍在人牆中。

「阿凱哥，我們什麼都沒有做啊！真的……」其中一名少年顫抖地說。

圍在少年旁邊的青年男子立即狠狠甩了少年兩巴掌，罵道：「X你娘XX！自己都承認了，還說什麼都沒做？你在耍人是不是？再不老實說，我操你……」

阿凱制止了他：「好了，這裡沒有你們的事。除了這三個，其他人都散了吧。」

「老大，我們也散嗎？」雷包指著自己和小胖問道。「我和小胖留下來，若有需要見血的髒事，我們可以代勞啊！」

阿凱瞪了他一眼，「見什麼血？都給我滾。」

眾人離開之後，他對著伏在泥地上的三名少年說：「你們做了什麼，自己說清楚，我的耐心有限。」

三人互視一眼，剛才挨巴掌的少年很快地說：「前天晚上，黃可馨逼我們三個去山上的別墅押走……押走大嫂，可是我們事先完全不知道那個人是大嫂，真的！我發誓！我們如果知道那個女生是大嫂，我們死也不敢去的……」

「你們押走她做什麼？」阿凱冷冷地問。

「黃可馨本來要叫小鍾哥強姦她……可是阿達說那個女生是大嫂，小鍾哥就說他不敢動阿凱哥的女人，還警告我們不可以碰她……然後小鍾哥自己就先溜了，我們也跟著跑，剩下黃可馨和大嫂在樹林裡，接下來的事，我們就不知道了。」說完之後，少年伏在泥地連連磕頭。「對不起！阿凱哥，我們真的沒有對大嫂怎麼樣！我對天發誓！」

其他兩名少年也跟著磕頭求饒：「真的！我們絕對沒有動到大嫂一根頭髮！要是我們說謊，老大就把我們丟進防空壕餵鬼，我們絕對不敢有第二句話！」

阿凱聽了，一陣凜然寒意直透心底，連指尖都不自覺顫慄發涼。

雖然昨天那小鬼就告訴過他，小雨沒事，但如果不是被押走那時剛好有人認出她，恐怕小雨已經慘遭毒手……

他不敢想像。阿凱緊握拳頭，極力克制自己的情緒。

過了許久，那三名少年的額頭都磕破了，鮮血直流，但阿凱一直不出聲，他們也不敢自行停止，只能繼續用力磕頭。「阿凱哥，對不起！對不起！」

他深吸一口氣，聲調帶著極度的壓抑：「把黃可馨帶來。」

三名少年愣了一下，怯怯地問道：「老大……放過我們了嗎？」

「因為小雨沒事，你們今天才能活著走出去。」他面無表情地說。

「是！是！謝謝阿凱哥！我們這就去帶黃可馨過來！」他們磕了幾個頭，忙不迭地往大門口衝去，一身泥土都顧不得拍掉。

一臉蠟黃的黃可馨很快就被帶到涼亭外。

任務達成之後，那三名少年立刻就溜掉了，剩下她和阿凱獨處。

望著阿凱佇立在薔薇花蔭的高瘦背影，她竟莫名感到害怕——這是她認識阿凱六、七年來，從來不曾有過的感覺。

雖然村裡的年輕人都覺得阿凱很可怕，連大人們也忌憚他，但他對女生還算客氣，所以她從來沒有怕過他，因為她知道自己再怎麼撒野，阿凱也不會真的對她動手。

可是現在……她不敢這麼肯定了。

即使距離這麼遠、即使背對著她，她都能清楚感受到他身上的怒火。

阿凱真的生氣了。

就為了那個女人嗎？想到這一點，原本深感恐懼的黃可馨不禁氣憤起來——她的所作所為都是為了阿凱著想，而他竟因那個賤人生她的氣？這樣公平嗎？

「阿凱，你找我幹嘛？」她心裡有氣，說話口氣很差。

「我希望以後不會再看到妳。」阿凱依舊背對著黃可馨，開門見山地說，語氣異常平靜，平靜得令人不寒而慄。

這句話像一桶冰水兜頭淋下，讓她徹體冰涼。

認識阿凱這麼多年，她深知他這樣說的意思，就是要她滾出這個村子，不要再出現在他眼前，否則下場將會非常淒慘。

她從來沒想過阿凱會這樣對她。

「為什麼？」她倔強地緊咬下唇，眼淚卻瞬間滑落。

「妳心裡有數。」

「就為了那個……那個女人，你要趕我走？我們認識這麼多年了，我對你不夠好嗎？」

她哽咽地說。

「因為認識多年，我才沒對妳動手。」阿凱極力壓抑自己的怒火。

「與其被逼著離開你，我寧願你動手打我！」黃可馨淚水潰堤，大哭著咆哮。「我就不相信，你不知道我對你……」

「妳的心意我明白，但妳不應該為難小雨。」

「我做的一切都是為了你！」

「傷害小雨，比傷害我更讓我痛苦，妳說妳是為了我？」

黃可馨愣住了，淚水懸在眼睫毛上輕顫著。「你就這麼喜歡她嗎？你就把她看得這麼重要嗎？為什麼？你們都已經分開這麼久了，為什麼一直陪在你身邊的我就比不上她？她到底哪裡好？」

阿凱沉默了許久，緩緩地說：「我和小雨從小一起長大，我們之間的情誼，不是外人能理解的。」

「只有你自己這樣想而已！她對你哪有什麼情誼？十多年不見，一見面就拖著你去防空壕送死，她根本就只是想利用你！像她這種自私自利不要臉的女人，值得你對她這麼好嗎？你不要這麼傻好不好？她只會利用你、給你找麻煩，甚至害死你！」

「小時候，我曾經歷過一場嚴重的車禍，瀕臨死亡。小雨日夜跪在廟裡向神明祈求，情願折損自己的壽命換我平安。我在加護病房住了多久，她就跪了多久，她的親戚罵她、笑她，她都不為所動，直到我脫離險境，轉到普通病房。當時她也只有九歲，卻肯為我做到這個地步……可是我不但沒有感謝她，反而因為厭惡別人的閒言閒語，開始欺負她、帶頭霸凌她……是我對不起她，所以，我願意為她做任何犧牲。」

過了這麼多年，每當想起自己惡意欺凌小雨時，她那稍露困惑，但仍對著他微笑的表情，他總會心痛不已。

「就算……就算她會害死你，也沒關係嗎？」

「能為她而死，我心甘情願。」阿凱毫不遲疑地說。

他的話讓黃可馨大受打擊，她無法理解阿凱對江雨寒的愛為何那麼深，然而她深切明白在阿凱心裡，完全沒有自己的容身之地。

她暗戀阿凱好多年了，但再不甘心，此刻她也斷絕了所有的妄想，因為她真的比不上那個姓江的女人。

「阿凱……如果我不再找江雨寒麻煩，甚至……跟她當好朋友，你可以原諒我嗎？」她嗔念全失，僅剩這個卑微的希望。

「我不會原諒傷害小雨的人，包括我自己。」

阿凱逕往屋子的方向走去，結束和黃可馨的談話。

日落之後，山區的風雨漸漸大了起來，寒風吹過茂密荒林，冷冷的雨滴打在葉子上，萬壑千山彷彿都因此瀟淅作響。

到了晚間，雨勢更加狂暴，急襲的豪雨好像要把整座山頭都沖刷掉一樣。

夜風猛烈颳過黑漆漆的窗戶，發出呼號的鬼哭聲，聽起來十分駭人，不過江雨寒無心理會這些，她整個人趴在床上，槁木死灰般一動也不動，只有眼淚無聲地長流著。

直到倉促的敲門聲響起，她才微微動了一下。

「小雨！小雨！」門外傳來阿星急切的呼喊。

她抓起一把衛生紙胡亂擦乾眼淚，走過去開門。

看到她紅腫如桃的雙眼，阿星和小鴻不禁愣住了。

「欸……小雨怎麼了？眼睛腫成這樣，身體哪裡不舒服嗎？」小鴻有些尷尬地問。他看得出來小雨的眼睛是哭腫的，但總不好意思直接問她為什麼哭得這麼慘。

「我沒事，你們找我，有什麼事嗎？」她揉了揉灼熱痠痛的眼睛。

「妳跟我們到頂樓一下。」阿星語氣急促地說。

頂樓就是四樓，只有一個空蕩蕩的大廳，放置了一架古箏，除此之外空無一物，去那裡做什麼呢？她心裡疑惑，但還是跟著他們兩人前往頂樓。

小島田已經在那裡了，只見他手持念珠，正聚精會神地對著那架放置在木製支架上的古箏唸咒。

「這……這是怎麼了嗎？」江雨寒詫異地問。

「剛才我和小鴻聽到樓上有怪聲，跑上來一看，發現這架古箏竟自己發出彈奏的聲響。鬧鬼啊！」阿星湊在她耳邊小聲地說。

「喔，原來是鬧鬼啊。」她點點頭，並不感到驚訝。

自從回到這村子之後，她身邊沒有一天不鬧鬼，早已司空見慣了。

「欸，妳的反應怎麼這麼冷淡？難道妳早就知道這個古箏有鬼，會自己演奏？」阿星奇怪地看著她。

「我不知道啊，這架古箏是我大表姐的，放在這裡好多年了，從沒聽說過有什麼異常……」

正說著，小島田已唸完經咒，朝他們走過來。

「大師，到底怎麼回事啊？這個古箏怎麼會突然自己發出聲音，是成精了嗎？」阿星立刻問道。

小島田搖頭，「不是成精，只是剛好有浮游靈體經過，好奇地撥彈了幾下琴弦。」

「浮……浮游靈？」

小島田說得輕描淡寫，阿星和小鴻卻聽得毛骨悚然。

「是的，我已經請它離開，你們可以放心了。」

「真的沒事了？」阿星半信半疑。

「真的沒事了，請回房吧！」小島田說著，別有深意地看了江雨寒一眼。

江雨寒會意，阿星和小鴻下樓之後，她還留在原地，等聽到他們關上房門的聲音，才低聲問道：「小島田先生，有什麼不對勁嗎？」

「不好意思，妳看起來精神狀態不太好，本來不應該在這個時候煩擾妳的……」小島田有些歉然。

「沒有關係，有事請直說。」

「這棟別墅裡，浮游靈的數量相當驚人。剛才在古箏附近的靈體，就多達七個，雖然它們並沒有惡意，也尚能溝通，但這顯然不是好現象。」小島田面露憂慮。

「怎麼會這樣？之前雖然偶有靈異，也不至於這麼多……」

「似乎是受到防空洞怨靈的影響，這個村子成為聚陰之地，所以浮游靈體從四面八方大量聚集過來，這種情況非常不妙。我這兩天一直在搜尋防空洞怨靈的來歷，但一無所獲，小雨小姐可有什麼線索嗎？」

「先祖父生前曾留下一些手札，或許其中有記載相關的資料，明天我就去把那些手札搬回來。」

「這真是太好了，如果能知道怨靈形成的原因，必定有助於解決問題。那就拜託小雨小姐了。」

「不用客氣，這是我應該做的。」她對他笑了笑，蒼白削瘦的臉卻難掩倦意。

「還有一事，想提醒小雨小姐——怨靈之力對村子的影響，已持續在擴大，請務必提高警覺、注意自身安全。今天晚上的這場風雨，也並不是偶然。」他禮貌地微微躬身，「請好好休息，晚安。」

小島田下樓之後，江雨寒走近古箏查看。

只見古樸的琴身纖塵不染，許久沒有調校的箏弦亦並未鬆弛，雁柱仍在正確的位置上。

是小島田先生剛才整理的嗎？或者是……

江雨寒回到自己的房間，手機螢幕正在黑暗中無聲閃爍。

她連忙拿起來一看，果然又是阿凱的來電。

從今天早上開始，阿凱就一直打電話給她，不過頻率不高，大約兩到三個小時打一次。

雖然她把手機調成靜音模式，但其實阿凱每次打電話來，她都有看到，只是故意不接。

這樣做讓她心裡很難受，所以哭了一整天，可是為了不牽連阿凱，她也只能決心不再和他聯絡了。

手機螢幕變暗不久之後，立刻又重新閃爍起來。

反常地連打兩次。莫非阿凱有重要的事急著找她？今夜風雨不大尋常，會不會出了什麼狀況呢？

這個想法令她莫名不安，猶豫了幾秒，終於還是接通來電。

「妳終於肯接我的電話了。」手機另一頭傳來阿凱鬆了一口氣的聲音。

聽他說話的語氣如常，不像出了什麼事的樣子，她也就放心了。

「對不起……我想我們還是不要再聯絡了……」她的回應顯得軟弱無力。

「這是妳單方面的決定，我不接受。我現在去找妳。」

江雨寒看了看牆上的時鐘，時間是晚上十一點多。

「已經很晚了，外面風雨很大，山路容易坍方，山下溪水大概也已經暴漲，你開車過來怕有危險……」

「不管，我今天一定要見到妳。」阿凱的態度十分堅持。

「這個時候上山太冒險了。不然，我明天一早去你家找你，這樣好嗎？」為了阿凱的安全著想，她不禁軟化妥協。

「我已經在妳家樓下。」

江雨寒聞言大吃一驚，連忙跑到窗前一探，果然看到別墅大門外有車燈的亮光。

「你……你等我一下，我立刻拿傘下去接你！」

第二十五章　祖龍一炬

外頭風雨太大，即使撐著雨傘，兩人身上仍有部分被寒雨打濕。一回到房間，江雨寒連忙取出乾淨的大毛巾，替阿凱擦乾身上的雨水。

「這種天氣，你實在不應該冒險上山……你的頭髮也濕了，不趕快擦乾會著涼的。」她努力踮起腳尖、伸長手臂，想幫他擦拭頭髮。

阿凱卻突然抱住她。

江雨寒微愣，「怎麼了，阿凱？」

「妳沒事，真是太好了。」他將她緊擁在懷裡，似想以此來確認她是真的安然無恙。

「我沒事啊，我很好。」

昨天晚上鈞皓莫名其妙地跑來，說是奉命監視她，她就猜到他一定跟阿凱說了些什麼。

見阿凱為了她這麼憂慮，她深感過意不去，於是輕輕地環抱著他的肩膀，「我真的沒事，對不起，讓你擔心了。」

她的頭輕靠他的肩膀，隱隱約約散發著彷彿雨潤茉莉的清新氣息，他摸了摸她披散的長髮，果然部分髮絲也被雨水濡濕，髮尾處還滴著水。

「只顧著幫我擦乾，妳的頭髮也濕了。」他說著，伸手接過她手上的毛巾，輕輕覆住長髮末梢擰乾。

大概是不習慣有人對她做這麼親暱的動作，她驀然紅了臉，向後退一步，微濕的髮端自阿凱手心滑落散逸。

「我自己來就好，你也快把自己的頭髮擦乾，阿凱現在長得好高，我很難碰到你的頭呢。」她有些尷尬地笑笑，轉身從衣櫃拿出另一條毛巾。

「妳的手怎麼了？」上次見面來去匆匆，他現在才注意到她的左手纏著繃帶。

「沒什麼，我自己弄傷了。」她輕描淡寫地說。

阿凱知道她沒有說實話，但既然她不想說，他也不勉強。

他趁江雨寒把一頭長髮攏到胸前擦拭的時候，仔細打量。

一陣子不見，她也消瘦了許多，容顏蒼白慘澹，雙眼泛紅、眼瞼異常紅腫，看起來更加憔悴可憐。唯一值得慶幸的是，她頸間那些鬼氣猙獰的黑色爪痕已徹底消失不見了，絲毫疤痕也沒有留下。

察覺阿凱正盯著她看，她莫名感到羞赧侷促，試圖找話題來破除這困窘的氛圍：「對了，你這麼急著找我，有什麼事？」

「就為了妳昨天那些傻話。」

「那不是傻話！」她立即嚴正抗辯。「蕭伯伯說如果你繼續和我在一起，我註定會害死你，所以只要我避開你、不要再和你見面，我就不會害死你了。」

「傻瓜，師父不是那個意思。」看到她神情那麼認真地說著，阿凱有點啼笑皆非。

暫且不論師父和他的談話內容經過黃可馨的轉述之後，正確度和可信度還剩多少，她怎麼那麼輕易相信別人呢？這麼容易受騙，他實在很擔心啊……

他的師父雖然勉強還可以算是一位性情剛直的正派人士，不過師父說的話，他頂多也只相信一半，因為世人的言語總是夾帶太多的企圖，而他的師父尤甚。

江雨寒困惑地看著他，「不然他的意思是什麼？」

「伯公以前有一位徒弟，妳知道嗎？」他口中的伯公，就是江雨寒的爺爺。

「我不知道，不過上一次你和蕭伯伯吵架的時候，好像有聽到蕭伯伯提到一點點。」

「那位師伯姓蘇，伯公根據你們江家的宗譜字輩為他取名雲峰，據說天分極高，伯公一生只收過這一位徒弟，對他的寄望也很深，讓他從小住在江家大宅，當成自己的孩子一樣栽培疼愛。」

「有這樣的一個人，我以前為什麼從來不知道呢？」她不但沒見過這位蘇師伯，甚至也沒聽爺爺或親戚提起過。

「因為蘇師伯英年早逝，在我們出生之前就過世了。」

「哦……蕭伯伯那時曾說這位師伯為了一個女人葬送自己的性命……」

阿凱點點頭，「我師父和蘇師伯交情很好，他對這件往事一直耿耿於懷，時常提起，要我引以為鑑。」

阿凱告訴她，當年蘇師伯深深迷戀一位有夫之婦，雖然不及於亂，但甚為癡狂。後來該名少婦受到防空洞的惡靈誘惑，不由自主闖入風天法陣，命在旦夕。蘇師伯不顧眾人勸阻，暗地裡前往防空洞，拚命救出少婦，自己卻傷重而逝。伏藏公雖然對他萬分感激，但痛失愛徒，也讓他難過了很久，是故終生不再收弟子。

「好感傷的故事。」江雨寒聽完之後，泫然欲泣。

為了救別人的妻子，不惜賠上自己的性命，她真心覺得這位師伯很偉大。不過……那名少婦是誰呢？

「由於這件事，師父認為女人都是禍水，才一再告誡我不要重蹈覆轍。」

「可是，蘇師伯捨命救出那位少婦的義行，雖然很令人感動，但我爺爺為什麼要感激他？這跟我爺爺有什麼關係？」

「呃……」阿凱察覺自己似乎不小心說漏了什麼，把臉轉向另一側，下意識迴避她狐疑的目光。

看到阿凱的樣子，江雨寒知道他八成又想隱瞞自己什麼，而他企圖隱匿的真相，她隱約猜測得到……

江雨寒走到他身前，雙手捧著他的臉轉回來。

「辰凱，告訴我。」她語氣堅定地說。

聽到她對他的稱呼變了，阿凱心中一驚——

上一次她這樣喊他的名字，是因為蛞蝓事件翻臉的時候。若是他再支吾其詞，小雨恐怕會生氣吧？

輕嘆一口氣，他說：「告訴妳，其實也沒有關係，只是希望妳不要難過……」

他充滿同情的語氣已然印證了她的揣測——

「你說的那名少婦是我媽，對不對？」她哀傷地說。

她想起曾聽菜市場的村民罵她媽媽禍水、狐狸精、害人不淺，大概指的就是這件事。

「……對。遭到惡靈蠱惑那時，妳媽媽已經有孕在身，大概是蘇師伯為她而死的事，讓她受到太大的刺激，據說她在生下妳之後，就提出離婚的請求，離開了村子。有人說她出家了，有人說她投河自盡，總之是下落不明了。」他語帶憐憫地說。

爸爸就是因為這樣，所以才會長年獨自避居外地，並且對她這麼疏離的吧！他恨她的媽媽，也恨她媽媽唯一遺留下來的她……

為情癡狂而自殞其身的蘇師伯、因連累蘇師伯而受到良心折磨的媽媽、失去愛妻的爸爸；一出生就形同棄兒、孤苦伶仃的她——搞不清楚該為誰而嚎啕一場，眼淚卻已不自覺無聲潰堤。

爺爺憐她孤苦，每每看到年幼的她就忍不住老淚縱橫，原來是有著這麼悲傷的往事……

阿凱心疼地將她攬入懷中，給她一個大大的擁抱。

「唉，我真不該說溜嘴。」他不禁懊悔。「對不起，害妳傷心。」

江雨寒搖搖頭，「謝謝你告訴我這件事……如果不是你告訴我，我一輩子都無從得知。那麼久以前的事了，其實我一點也不難過。」因為不想讓阿凱自責，她很快地隱藏起感傷的情緒。

她的臉在阿凱懷中胡亂磨蹭，毫不客氣地把淚水擦在他深藍色的帽T上。擦乾眼淚之後，她緩緩離開他的懷抱，用更浮腫了一些的眼睛看著他。

「所以蕭伯伯的意思，並不是說我『註定』會害死你嗎？」她還是很不放心地向阿凱尋求確認。

據說她的爺爺精通算命，連自己的死期都能算得出來，她一直以為身為爺爺後輩的蕭伯伯應該也具有類似的卜算能力，所以蕭伯伯說她註定害死阿凱，大概是有什麼根據？

「當然不是。他又不會算命，什麼註定不註定的，輪不到他來說。或許這樣講有些失禮，但我師父說的話，妳不用太當真，他自有他的算計。」

雖然師父十分盡責地教導他，但因為某些緣故，他對師父這個人不無戒心。

「那真是太好了，我好怕自己真的害死你……我欠你的已經夠多了。」她開心不到三秒，想起「李代桃僵」的事，不禁又神情黯然、心頭沉重。

「不要這麼說，妳沒欠我，是我自己願意。」

「可是阿凱……」

「別再提這件事了。」

「可是，你為我犧牲那麼多，我該怎麼補償你呢？」她真誠地問。阿凱為她所做的一切，她自知無法等量回報，只能想辦法盡力彌補。

「我不覺得這是犧牲，但妳要是過意不去，答應我，不要再……不要再突然消失就好了。」他猶豫了一會兒，輕聲說道。

阿凱本想說「不要再離開我」，但唯恐這句話對她形成制約，所以臨時改口。他不希望小雨因為歉疚和補償的心態，做出任何違背她自己的心意之事。

「我不會突然消失的，今後我要去任何地方，都會先跟你說。」她認真地承諾。

「這也太誇張。」阿凱笑了笑。「事情說清楚了，我也該回去了。」

江雨寒抬頭看看時鐘，已過深夜十二點。她擔憂地說：「這麼晚了，外頭狂風暴雨，留下來過夜吧！」

「無所謂，開車影響不大。」

「你明天再走，順便陪我去我爺爺晚年靜修的小屋，我要找一些東西。」

聽她這樣央求，阿凱只得答應了。「好吧，那我睡哪？」

「樓上已經客滿了，二樓其他房間是我同事的，女孩子的房間不便讓你留宿……你睡這裡好了。」

「這裡？」他不太明白她的意思。

這裡是指小雨自己的房間嗎？這不可能吧！

江雨寒從衣櫃拿出一捆替換用的水藍色羽絨睡袋，展開鋪在自己的粉色睡袋旁邊。「不好意思，我只有睡袋，只能請你將就一下了。」她歉然地說。

別墅裡全部的臥房都設有雙人床，但沒有棉被，為了方便，她一向把睡袋鋪在彈簧床墊上使用。

「呃……這……」阿凱面露難色。

雖然他們也曾經同床共枕，但那是兩小無猜時期的事，現在他們都這麼大了，睡同一張床似乎不太好，即使隔著睡袋……

可是看她神色坦然的樣子，他又不禁覺得是不是自己心思不正。

「怎麼了？這個睡袋很乾淨，我前幾天才洗好收起來，而且很保暖，是羽絨材質。」江雨寒見他猶豫，以為他對睡袋有意見。

「妳睡袋借我，我睡地上就好。」

「傻瓜，有床不睡睡地板，山區濕氣重，睡地上會受潮……」她突然意識到阿凱睡地板的用意，「你是介意我睡在你旁邊？」

「男女有別……」

「有什麼關係，你是阿凱啊！難道你會對我怎樣嗎？」她不以為意地說，鋪好睡袋，又走回衣櫃翻找出一些全新的盥洗用具。

「我……」對於她的極度信任，他不知該哭該笑。

大概是哭累了的關係吧，江雨寒梳洗完畢、鑽進睡袋之後，很快就安然入夢了，絲毫不受身邊的人影響。

窗外雷電交加，藉由透進窗紗的閃閃雷光，阿凱曲肱為枕，側躺著凝視她沉睡的容顏。她睡著的樣子，仍是像小時候一樣天真，但又好像有些異樣的地方，讓他感到迷惑。

他不自覺伸出手，想撫摸她的臉頰，但在真正觸碰到之前，不知為何停了下來。猶豫片刻，他縮回自己的手，改為輕撫她的秀髮。

烏黑的長髮參差地披散在粉色睡袋上，顯得格外亮麗，他粗糙的大掌緩緩拂過，異常柔順的髮絲就像黑色瀑布一般輕輕流瀉，露出覆蓋其下的小小物事。

他漫不經心地拾起一看，那是一個精緻細巧的淺粉色紗袋，裡面塞著一些曬乾的白色茉莉花。

他想起小雨小時候最喜歡撿拾他家花園裡的落花，例如薔薇、羊蹄甲、忍冬、桂花等等，集中曬乾之後，置入紗袋，懸掛在窗前或簷下，每當微風吹動，便帶來陣陣若有似無的香味。

他並不特別喜歡這些花花草草，但因為她的緣故，他的童年回憶沉浸在花香中，彷彿夢裡也透著香氣。想不到她這麼大了，還喜歡弄這些，而且特地藏在睡袋裡，阿凱拈著紗袋，不禁莞爾一笑。

不過這個紗袋裡除了幾朵茉莉花蕾之外，還有一張摺成心形的黃色符紙。

這是什麼符咒？

隔天上午，吃完江雨寒親手準備的豐盛早餐，兩人準備前往崇德宮。

一打開房門，小鴻和阿星正巧從樓上走下來。他們看到站在她身後的阿凱，目瞪口呆地停下腳步。

阿星張大了嘴巴，想說話卻說不出來；小鴻則反射性地低頭看看自己的手錶。

「兩位早安，你們的早餐在廚房喔。」江雨寒對著他們說。

因為別墅位處深山，交通不便，眾人的飲食通常都是由她負責打理。

「喔……喔！謝謝！兩位……早安！」小鴻非常不自然地應答。

「阿……阿……阿凱兄弟，這個時間、在這裡看到你，我真是……太……太驚喜了！」阿星「阿」了老半天才擠出這幾句話來。「才一陣子沒見，有道是士別三日，當刮目相看，兄弟的手腳很快……」

「你在胡說什麼啊！快走啦！」小鴻尷尬地硬拖阿星下樓。

他們快速地從江雨寒房門前通過，消失在二樓樓梯口之後，還聽到兩人自以為音量很小的竊竊私語聲自一樓傳來——

「……還好組長不在，不然鐵定慘遭致命一擊。」

「我只擔心小雨現在名花有主，以後沒人煮好吃的飯菜給我們吃了……」

「你不要只想著吃……」

阿凱微微苦笑地說：「妳同事好像誤會了。」

「沒差，我們兩個從小也被誤會習慣了，不是嗎？」江雨寒笑笑地說。

自小村裡的人都取笑他們是金童玉女、天生一對，這話她聽多了，也不覺得怎麼樣。

坐在客廳使用電腦的小島田看到江雨寒下樓，禮貌性地起身打招呼，他起初不經意的目光卻在接觸到她身側的阿凱之後，轉為驚詫。

他抬頭看著阿凱好一會兒，口中喃喃自語：「這真是太驚人了……」

「小島田先生，有什麼問題嗎？」她聽不清楚小島田先生的自言自語，所以好奇詢問。

「啊！沒有……小雨小姐，請問這位先生是？」小島田那透著驚訝的打量目光一直沒有離開阿凱。

「這是我的好朋友，李辰凱。」她介紹完之後，轉向阿凱說道：「這一位是我前輩的同學，前幾天才從日本來的。」

「李先生，幸會幸會！敝姓小島田，非常榮幸得見閣下。」小島田趨步上前，恭敬而熱切地朝阿凱伸出右手。

阿凱大方地伸手和他交握，「客氣了，直接叫我名字就好。」

「是的，辰凱先生。」

江雨寒忍不住輕笑出聲，對阿凱說：「小島田先生非常講究禮節，一時可能改不過來。我們走吧！」

戶外風雨已歇，但天空仍然烏雲密布，颯颯山風猶帶寒意。

深山小徑上，斷竹倒樹橫七豎八阻礙去路，車子行駛時經常發出刮過車身或底盤的聲響，江雨寒十分心疼這輛價格高昂的名車受此摧殘，阿凱卻是毫不在意的樣子。

「小雨。」一直專注於崎嶇路況的阿凱突然開口叫她。

「什麼事，阿凱？」

「要不要搬到我家來住？妳姑媽的別墅太偏僻荒涼了。」讓她住在這種荒山野嶺，他總覺得放心不下。

「謝謝你的好意，可是我不能丟下我同事他們，自己跑去你家住。」

她知道和姑媽的別墅比起來，阿凱家寬敞舒適多了，生活機能也便利許多，但如果她自己一個人跑掉，好像太沒義氣。

「他們要一起搬過來的話，我沒意見。」阿凱無所謂地說。

「這樣太打擾了，怎麼好意思呢！不用了，謝謝你，阿凱。」

「好吧，隨妳。」他雖感擔憂，但不便勉強。

還沒抵達崇德宮，遠遠就看到廣闊的廟埕上聚集了一大群人，江雨寒不禁感到奇怪——今天也不是假日，這個時間，那麼多人聚在廟前做什麼呢？

「阿凱，今天有廟會嗎？」

「沒有。」他也注意到遠方那群人，心中有種不好的預感。一定出了什麼事了……

果然，車子抵達廟門前，就看到崇德宮後方的竹林被燻得焦黑一片，顯見遭受過惡火襲擊。前來幫忙的村民們正忙著拿鋸子、鐮刀將那些發黑的枯竹砍斷。

崇德宮山霬藻梲、富麗堂皇的建築外觀分毫無損，那麼失火的地點是？

江雨寒心中不禁升起陣陣涼意。該不會是……爺爺的紅瓦厝吧？她急忙想下車前往火場查看，卻被阿凱制止——

「先不要靠近，我們去問我師父。」

站在人群中負責指揮調度的蕭巖正和一些村民說話，看到阿凱出現，逕自朝他走來。

「昨晚雷電擊中伏公晚年靜修的小屋，引起大火，整棟紅瓦厝都燒掉了。」

阿凱愣了一下，「這麼巧？」

蕭巖嘆了一口氣，「天意啊！」

「全……全部都燒掉了嗎？裡面的書也……」江雨寒簡直不敢相信。昨晚才想把爺爺留下的手札運回別墅，竟然就發生這種事。

「書紙易燃，全部燒得精光了。」蕭巖一臉惋惜地說。

她有種跪地痛哭的衝動。那數百卷珍藏古籍倒在其次，最重要的是她爺爺的手札可能記載著防空洞的相關訊息，僅存的線索就這樣付之一炬……

當初因為那些手札的頁面已嚴重脆化，她怕擅自搬動會造成無法修復的毀損，所以才繼續放在紅瓦厝裡；若是早知造化無情，她應該不顧一切把手札挪走的！如今後悔莫及了。

蕭巖走回人群之後，阿凱安慰她：「沒關係，妳想找的線索，我可以去問我爺爺。他和伯公情同手足，一定知道些什麼。」

她很感激阿凱的好意，勉強對他笑了笑。

她相信以李松平在村中的身分地位，所知道的內情或許不比她爺爺少，但大概不會告訴她吧？總覺得叔公對防空洞諱莫如深。

正想勸阿凱不要去碰這個釘子的時候，他的手機響了。

四周人聲嘈雜，她聽不清楚阿凱跟對方的通話內容，只看到他的神色一開始極不耐煩，後來轉為陰晴不定，不曉得發生了什麼事。

過沒多久，阿凱掛斷電話，對她說：「我先送妳回去，我有點事，要去一個地方。」

「你要去哪裡？我可以陪你一起去嗎？」

阿凱看起來有些凝重的表情，讓她感到憂心。

「不用了，不重要的事，別擔心。」

回到別墅之後，小島田仍舊在客廳使用電腦。

她很愧疚地告訴他，爺爺留下來的資料已經被一把天火燒掉。

小島田的反應也是一陣錯愕。

「這真是太遺憾了。」他說。「我這幾天一直在搜尋國史檔案，我的想法是，敝國治理貴邦期間，所有駐兵資料都是明載於冊的，為國捐軀者也都有詳細紀錄，如果防空洞裡的怨靈確實是敝國士兵，那應該不難找到相關紀錄，可是實際查找的結果和我所想的不一樣……我一直找不到關於防空洞駐紮軍隊的記載，所以毫無進展。」小島田說完之後，長長地吐了一口氣。

「會不會是因為這個地方太微不足道，所以沒有載入軍事紀錄呢？」江雨寒問道。

「可能性不高。」小島田搖搖頭。「還有一件事，敝國凡是命喪在貴邦的軍民人等，其骨灰應該會運回故土奉祀，按理說……」

一語未完，江雨寒的手機鈴聲打斷了他的話。

「抱歉……」

「沒有關係，妳先接聽。」

她看了一下，是雷包的來電，心中不禁困惑——雖然她很久以前就和雷包交換電話號碼，但他從未跟她聯絡過。有什麼事嗎？

「嫂子！妳快打電話阻止老大！」電話一接通，雷包就倉促地說，語氣甚急。

「阻止阿凱？阻止阿凱什麼？」她不由得跟著緊張起來。

「不要讓老大去蘭桃坑，那裡很危險的！」

「蘭桃坑？」她聽琴姐提過這個地名，好像是位於這附近的一座山谷吧？谷中有湖，據說月明之夜可以在湖面看到嫦娥奔月的影子什麼的。

「我阿公說，蘭桃坑其實真正的名字是『人頭坑』，很久以前是古戰場，入侵的人把住在那附近的居民全部殺光光，砍下來的人頭堆滿山谷，所以叫做『人頭坑』，那個地方怨氣不是普通的重，聽說以前也有找法師來作法鎮壓，可是完全鎮不住。老大昨天才叫大家不准靠近那裡，現在他自己卻跑過去了，我們誰都攔不住，嫂子妳快點打電話阻止他，他大概只聽妳的話！」

雷包的最後一句，她並不認同，不過她還是馬上打電話給阿凱。

可是阿凱的手機是未開機的狀態。

沒有訊號嗎？

「抱歉失陪了，小島田先生，我有急事要出去！」她立刻抓起大桌上的汽車鑰匙。

第二十六章 渡亡鬼船

小島田見狀，二話不說關掉電腦，單肩扛著背包俐落起身。「我跟妳一起去。」

「為什麼？」江雨寒不解地看著態度十分積極的小島田。「這與委託的內容無關……」

小島田微微一笑，表情看似恭謹，卻透露不容拒絕的神色。「權當答謝小雨小姐的恩情。我們車上再說吧！妳不是趕著出門嗎？」

他率先走出大門，經過前院時，隨手折下一片山茶樹葉湊近唇邊吹奏。嘹亮的葉笛一響，那隻橘黃色有著美麗花紋的小貓立即在他的肩頭現形。

江雨寒開車的時候，貓咪就乖巧地趴伏在小島田的大腿上，偶爾發出像是撒嬌的鳴聲，看起來和真正的貓咪沒兩樣。

她好奇地想多看幾眼，可惜山路險峻難行，她的開車技術又沒有很好，必須更加專心注意路況。

車子行駛在前往蘭桃坑的狹窄山徑上，左邊是溪谷深崖，右邊是石壁峻嶺，路旁古木夾道，兩側樹梢交纏如拱，綠葉成蔭，即使白晝也罕見天日，顯得陰氣森森。

小島田告訴她，去年秋天因強颱肆虐，他們家的神社一夕全毀，他那身為宮司的父親受此打擊而中風癱瘓了。

為了籌措重建神社及父親的醫療費用，他開始接受除靈驅邪的委託，冒著被邪靈反噬的風險，從中獲取較為優渥的報酬。

當他接到玉琴求援的電話時，他真心想要幫忙，可是這樣一來，勢必要離開日本一段時日，所以他不得不向他們索取高額的費用，以暫時安頓重病在床的父親。

「琴小姐告訴我，這筆費用是由小雨小姐獨力支付，我很感謝小雨小姐在我困頓為難的時候，幫了我一把。」

江雨寒聞言，深感不安。「別這麼說，是我對你比較抱歉，令尊大人貴體違和，正需要人照顧的時候，我還麻煩你千里迢迢來到這裡……實在過意不去。」她歉疚地說。

「家父雖然臥病，但沒有生命危險，我已用小雨小姐支付的費用為家父聘請專業的看護，必定照料得比我更好。這一點，請不用放在心上。」小島田說著，突然嘆了一口氣。

「若不是家中遭遇這種事，按照我和麗環的交情，本不該向你們收取這筆費用的……」

「沒有關係，大家都是朋友，有困難互相幫忙也是應該的，只是辛苦你了。謝謝你還特地陪我跑這一趟。」

「妳那位朋友，辰凱先生，跑到很危險的地方去了嗎？」

「你怎麼知道？你聽過蘭桃坑嗎？」

小島田搖搖頭，「我看妳很焦急的樣子，才這樣猜測。不過妳不用多慮，辰凱先生不會有事的，他背後的神明大人神威顯赫。能讓神威這般長駐，足見辰凱先生本人修為也相當了不起，一般魑魅魍魎大約傷不了他。」

他膝上的貓咪忽然「喵喵」叫了幾聲，似乎在附和他的話。

「真的嗎？」即使聽他這樣說，她還是覺得不放心。

「我跟著妳來，主要還是怕妳遇到危險。至於辰凱先生，我並不擔心。」

「謝謝你，小島田先生，不過我有一個不情之請，希望你能答應我。」

「請說。」

「抵達蘭桃坑之後，如果沒事當然是最好，萬一發生什麼狀況，拜託你在能力範圍之內，務必優先保住阿凱，不要顧慮我。」她十分認真地提出請求。

「妳……」小島田驚訝地看向她。

「阿凱是李家獨子，他的爸媽、爺爺、親戚們對他愛逾性命，他若是出事，很多人會難過，所以……拜託你了！」

那妳呢？妳若是出事，沒有人會難過嗎？他本想這樣詰問，但望著她神色真誠的側臉，莫名感到一陣憂傷，竟自問不出口。

「……我明白妳的意思。」他嘆了一口氣。「如果這樣做能使妳高興……我答應妳。」

「謝謝你，小島田先生。」她露出一個放心的微笑。

越接近蘭桃坑，山徑越發陡峭崎嶇，江雨寒不習慣行駛這麼嚴峻的山路，不禁全神貫注，深怕一不小心就連人帶車翻落溪谷。

在導航顯示距離目的地還有數公里的地方，她看到幾輛深色汽車停在路邊，聚集車旁的那群人有點眼熟。

「那些人好像是阿凱的朋友，我們停下來看看。」她對小島田說。

「好。」

她把車子停在那些車輛的後方，一下車，那群人就朝她靠過來。

果然是雷包、小胖、百九等人，還有十多個她沒見過的年輕人。

她問雷包：「你們怎麼會在這裡？」

「我們來追老大啊！阿凱堅持不讓跟，可是我們還是放心不下！他一個人單槍匹馬，萬一出事怎麼辦？」雷包焦慮地說。

「到底怎麼回事，阿凱怎麼會突然跑去蘭桃坑呢？」

「我妹跟我說，村裡跟黃可馨一掛的那些死八婆打電話跟阿凱求救，說什麼黃可馨鬧自殺，自己跑去蘭桃坑鬧著要跳湖，那幾個八婆為了阻止她，也都跟著跑去蘭桃坑，結果好像在那裡出了什麼事。」

一旁的小胖插嘴說：「嫂子不要看雷包這樣，他妹妹雷晴長得很可愛，跟雷包完全不像一個媽生的。」

雷包狠狠瞪了他一眼：「要你多嘴！」

「有多少人跑去蘭桃坑？你妹妹也在那裡嗎？」江雨寒問道。

雷包扳著手指頭數道：「黃可馨、小梅、薏君、小瓊、雅芙、依玲，總共六個！我妹才沒那麼白痴，她告訴我這件事，是要我阻止老大，叫老大不要理她們就好了，那些膽子比腦子大的智缺活膩了找死幹嘛攔她們，我就打電話勸老大不要去，可是老大不聽我勸，所以我一面打電話給嫂子，一面趕快烙人❶來追他。」

「我聯絡不上阿凱，他的手機一直打不通。」江雨寒憂形於色。「既然你們是來找阿凱，蘭桃坑還沒到，為什麼停在這裡？」

雷包指著最前面那輛車，「我們看到老大的車停在路邊，所以下來查看，車上沒有人，不知道上哪去了？」

她抬頭看看前方坡度極陡且路面殘破不堪的險峻山徑，「會不會是路況不好，車子開不上去，所以停車用走的？」

「路況很差是真的，可是老大這輛車是最新的ＡＷＤ四輪驅動，照他的個性，再爛的路他也直接輾過去，不可能把車丟在路邊啦！這裡離蘭桃坑還很遠，他到底跑到哪裡去了？」

一直四處打量的小島田指著右側岩壁間藤蘿掩蔽的狹縫型峽谷，說：「會不會是從這裡抄近路呢？」

「這人是誰啊？講話怪腔怪調的。」雷包奇怪地看了小島田一眼。

「這位是我朋友，小島田先生是特地來幫忙的。」她說。

雷包一聽是江雨寒的朋友，立刻改變了態度。「喔喔！嫂子的朋友就是我的朋友，聽起來是日本人吧？歐嗨唷、空你基哇！不過你說的這裡是完全沒有路可以走的，你看裡面雜草都長得比人高了。」

小島田將手機地圖放大給大家看，「從地圖上看起來，你們說的那個地方就在這片山壁後面，如果開車順著路走還要繞一大圈，從山壁穿過去明顯近很多。」

「確實如此，從這裡近很多。」江雨寒看完地圖，靠近狹窄如一線天般的峽谷入口細看，「地上的蕨類有踩踏過的痕跡，也許真的是阿凱！小島田先生，我們追上去看看！」

「等等等等等！」雷包連忙攔住她。「嫂子，妳別去，我們幾個去追就好了！」

「為什麼？」

「萬一讓老大知道我害妳跑來這裡，我還活不活呢？我只是想請嫂子打電話勸他而已，萬萬沒想到妳會馬上衝過來啊！」雷包額頭上冒著冷汗。

「我會跟阿凱說是我自己跑來的，他要怪就怪我好了。」

她從車上拿出自己的背包及外套，和小島田兩人率先擠進那狹隘的岩縫窄徑。

「他怎麼捨得怪妳，一定是罵我啊……」雷包低聲咕噥，擦了擦冷汗，苦著臉招呼眾人跟上。

一線天峽谷極為狹窄，兩側山壁間僅容一人通行，以小胖的體型就走得很辛苦，只能側著身子擠進來。

小島田走在最前頭，為後面的人開道，他拾起一根枯木，在姑婆芋和構樹叢生的峽谷中撥出一條通路。

岩壁上方也長滿了茂密的攀藤植物，導致陽光幾乎照不進來，潮濕泥濘的地面爬滿蝸牛、蛞蝓、蜈蚣、馬陸等等，密密麻麻。

江雨寒見狀，嚇得停下腳步。

「嫂子怎麼了？」跟在她後面的雷包好奇地問。

「沒、沒事。」

她忍住尖叫著轉身逃跑的衝動，深吸一口氣，勉強硬著頭皮從那眾多潮蟲間的縫隙快步通行，穿著長靴的腳不自覺陣陣發麻。

好在峽谷縱深不長，他們一下子就從一線天穿出來了。

眼前視野豁然開朗，右邊是一片平緩的山坡，前方不遠則是一座低谷，站在此處居高臨眺，隱約可見谷底碧綠幽深的湖水。

「真的是蘭桃坑欸！原來這麼近啊！」雷包忍不住驚呼。

「阿凱真的是地裡鬼，這種鳥路他竟然也知道！」百九驚訝地說。「還好我們剛才沒繼續開外面那條路，不然現在大概開到輪胎報銷都還到不了。」

「我們快去找老大！」眾人爭先恐後地往下方山谷前進。

走著走著，右邊山坡上漸漸出現一些古墳荒塚，從零星幾座散落在芒草叢間，到後來漫山遍野。

由於午後的日光薄弱黯淡，這片長久乏人祭掃的墳塚顯得格外荒涼。

幾座年代較近的殘破墓碑上，亡者的遺照還保持完整，黑白分明的眼瞳彷彿正幽幽地注視著他們。

江雨寒抬頭望了這座古老的墳山一眼，不知道為什麼，突然感到不太舒服。

小島田敏銳地察覺她單薄的身影微微一晃，立即走到她右側，遮擋住她的視線。「不要看就沒事。此時尚且不妨，但是不要久留。」他低聲說道。

江雨寒點點頭，將視線移到另外一邊。

左側是一片幽暗的雜樹林，滿布青苔的樹幹上依稀掛著一顆顆黑色的人頭，在寒風中擺盪搖曳。她定睛一看，原來是一叢一叢寄生在杉木上的黃吊蘭，有些大概被昨夜的風雨打落，攤在地上，像一團濕漉漉的頭髮。

經過墳山之後，就開始走下坡路，雜草叢生的山坡上稀稀疏疏散落幾棵桃樹，粉紅色的桃花嫵媚地綻放著，跟四周的荒涼景色極不相稱；偶爾幾朵桃花驚落，發出嘆息似的聲響。

望著身旁那些灼灼其華的桃花，江雨寒心裡有種異樣之感。

花期不對。

桃花和剛才那些台灣原生種的黃吊蘭一樣，都應該在三月至四月間開花，而現今時節是初冬。

她想起之前在李家庭園看到盛開的薔薇花和紅花石蒜時，曾問過阿凱關於花不對時的事，阿凱說，山上果園的梅花今年也提前開花了，當時阿公告訴他：「**人不照天理，天不照甲子**」。

這是什麼意思呢？為什麼村子裡的植物花信大亂？她記得小時候不是這個樣子的……

莫非也是受到防空洞詛咒的影響嗎？

眾人踏著厚厚的落葉，快速抵達谷底湖畔。

廣大的湖面中央有一座被茂密樹林覆蓋的小島，由一座簡陋的吊橋連接岸邊。

他們看到湖邊吊橋入口處站著幾個人影，立即朝對方跑過去。

阿凱正和三名少女交談，見一群人突然跑來，十分驚訝。

「小雨，妳怎麼會……」

他由詫異轉為凌厲的目光落在雷包身上，雷包不禁瑟縮了一下。

「是我自己跑來找你，剛好在半路上遇到他們，所以跟著他們一起過來，你不要怪雷包。」江雨寒連忙替雷包說情。

「妳……唉！這裡很危險，妳快點回去。」

「既然危險，怎麼能讓你一個人在這裡？我不回去。」江雨寒堅持地說。「到底發生什麼事了？」

阿凱見她執意不走，也不再勉強，對三名少女其中一位說：「蔡雅芙，妳來說。」

蔡雅芙年約十七、八歲，清麗姣好的臉和其他兩名少女一樣，顯露慌張神色。

「凌晨天還沒亮的時候，薏君打電話給我，說可馨要跳湖自殺，她和小梅兩個人快要攔不住，叫我趕快找人過來蘭桃坑幫忙……」蔡雅芙聲音顫抖地說。「因為那個時間大家都在睡覺，我找了很久、打了很多通電話，只有小瓊和依玲願意幫忙，早上我們三個就一起騎車來這裡……」

「哪裡不好死，一定要跑到蘭桃坑跳湖？這裡的湖比較好跳是不是？跳下去是會成仙還是會飛天？」小胖大概是肚子餓了，心情很差地嘲諷。

百九也沒好氣地說：「還有妳們這三個，不知道蘭桃坑很危險嗎？王薏君叫妳們來，妳們就真的跑來，叫妳們去吃屎怎麼不去吃？」

蔡雅芙縮著肩膀，小聲地回道：「大家從小一起在村子裡長大，聽到這種事怎麼能不理她們呢……而且薏君電話裡說得很可怕，聽起來可馨好像是被鬼附身了。」

「被鬼附身？」這句話引起小島田的注意。

蔡雅芙看了他一眼，點點頭。「薏君說，昨天晚上可馨心情很差，她和小梅陪她到山上涼亭喝酒看夜景，結果深夜突然下大雨，她們只好躲在涼亭裡面等雨停。後來要下山回家的時候，可馨不知道為什麼突然騎著車往更深山裡去，薏君和小梅怕她出事，只好騎車緊跟在她後面，在山裡面淋雨繞了很久，最後竟然繞到蘭桃坑來了……」

「啊就喝酒喝到發酒瘋啊！白癡喔！什麼被鬼附身？」雷包不以為然地說。「昨天才聽說北村有外地人被鬼附身，最好世上那麼多鬼，天天都在附身！」

「不是發酒瘋啦！薏君說的真的很可怕，她說她們到蘭桃坑之後，四周很暗，而且還在下大雨，可馨卻一直要往湖裡衝，她們用了很大的力氣才勉強拉住她，可是可馨整個人看起來很奇怪，好像中邪一樣……」蔡雅芙說到這裡，不禁打了一個寒顫，一時說不下去。

「然後呢？」阿凱的表情平靜，看不出絲毫情緒，一雙掃向蔡雅芙的眼眸十分冷淡，似乎有些不耐煩。

蔡雅芙連忙繼續說：「早上我和小瓊、依玲騎車到這裡，可是到處找不到她們三個，我們覺得很害怕，怕她們出了什麼事，所以趕快打電話請凱哥過來幫忙。可是這裡的訊號很差，凱哥的手機好像也沒開機，一直快到中午才聯絡上凱哥。」

「三個人都不見了？該不會三個手牽手一起跳了吧？」小胖好奇看了下廣闊的湖面。

「想也知道不可能！」百九白了他一眼。「黃可馨想死也就算了，王薏君、何小梅幹嘛陪她一起死？又不是腦袋有洞。」

「那幾個三八沒事鬧這一齣，腦洞還不夠大喔？」雷包嗤之以鼻。「老大就是人太好，要是我，才懶得甩她們！」

「死雷包，你講這什麼話？可馨是被鬼附身了，她也不是故意要這樣的。」其中一個皮膚黝黑、年紀稍大一些的女生不滿地瞪著雷包。

「林小瓊，妳怎麼知道黃可馨是真的被鬼附身？講得那麼肯定，那鬼妳養的喔？」雷包反唇相譏。

「你才在養鬼啦！你妹雷晴就是一隻刻薄鬼！」

「對了！說到養鬼……」名叫依玲的女生突然看向江雨寒，眼神充滿警戒。

雷包見狀相當不滿。「欸欸欸！方依玲妳看三小朋友啦？這是什麼意思？我警告妳喔，態度放尊重一點……」

「好了！你們先別吵了！大家趕快幫忙找人比較要緊啦！」蔡雅芙焦急地說。

「那三個女的搞不好根本就沒來蘭桃坑！只是聯合起來玩妳們的！」百九說。

「不可能！」蔡雅芙搖頭。「我剛才來的時候，看到可馨她們的摩托車停在山谷入口，車子旁邊還有鞋印，她們一定有到過這裡！可是不知道為什麼不見了？」

雷包看向阿凱，「老大怎麼辦？」

「你和小瓊去她們說的入口看看。」阿凱說。

「好！」雷包立刻和那個皮膚黝黑的女生一起行動。

過沒多久，兩個人就跑回來了。

「有四台摩托車停在原本的入口那邊，其中兩台確實是黃可馨和王薏君的。」雷包說。

「那附近的泥巴地還沒乾，有看到一些往山谷裡面走的腳印，沒看到往外走的腳印，她們很可能真的還在這裡。」

「大家四處找找看。」

阿凱下達命令之後，大家即刻分頭尋找，找了大約一個小時，卻是一無所獲。

「就只剩一個地方沒找過了。」阿凱深沉的目光投向草木蓊鬱的湖中小島。「若非不得已，真不想踏上那座島。」

「辰凱先生果然也感應到了，那是神棄之地，避之為吉。」小島田輕聲道。

阿凱點點頭，「可是沒有辦法。萬一人真的受困島上，不能不救。」他雖對黃可馨反感，但人命關天，見死不救與他的稟性不符。

「我跟你一起過去。」小島田毫不猶豫地從背包取出一串佛珠，攥在手中。

「我也要跟你去。」江雨寒對阿凱說。

「妳留在這裡，讓雷包陪妳。」

「可是……」連小島田都覺得島上凶險，她實在放心不下。

「聽話。」

看到阿凱憂慮的眼神，她心想現在阿凱已經很傷腦筋了，自己既無半點靈力，凡事幫不上忙，就不要再給他添亂了吧！

「……好，那你自己要小心。」

眾人穿過吊橋前往小島，只剩下那三個女生和雷包、江雨寒留在岸邊等待。

三個女生悄悄往旁邊挪移，離他們兩人遠遠地站著，不時交頭接耳、竊竊私語。

「現在是在幹嘛？故意站那麼遠，我們是有病毒還是怎樣？」雷包不悅地說。「妳們這些女人就是小動作比雞巴毛還多，看了有夠不爽！」

「可馨她們說那個女生很可怕，她背後跟著很多非常恐怖的鬼，而且她還會驅使那些惡鬼害人！」依玲指著江雨寒說。

雷包白眼簡直要翻到外太空，「嫂子要是真的會驅使惡鬼，就應該先把妳們這些三姑六婆都抓走！到底在講什麼東西……」

「可馨她們說不定就是被那個女生背後的惡鬼抓走的！」小瓊大聲地說。

「妳還說！越講越誇張欸……」雷包揮舞著拳頭，氣得想揍人。

「沒有關係，隨便她們，用不著這麼生氣。」江雨寒苦笑了一下。

雖然不知黃可馨三人為什麼會失蹤，但她們說的，在某種程度上也不算無中生有——劉梓桐有段時間一直跟在她背後，而且她也確實曾帶鈞皓去嚇黃可馨，所以她並不想爭辯。

「嫂子妳不知道，不給她們一點顏色瞧瞧，她們一定會在村子裡傳得很難聽！」

「當務之急是找回失蹤的人，其他不重要。」

說話間，大量濃厚沉重的烏雲從東北方的天空以鋪天蓋地之勢翻騰席捲而來，四周頓時闇如黑夜。

「怎麼啦？瞬間天黑，又要下大雨了嗎？」雷包詫異地看著天空。

江雨寒不安地望向湖中小島，此時谷底霧氣瀰漫，小島在白霧靄靄中像似一抹不祥的陰影，透露妖異氣息。

突然陣陣驚叫聲拔地而起，方才前往小島的那群人爭先恐後地朝這個方向竄逃，年久失修的吊橋在眾人慌亂的踩踏下劇烈搖晃，險象環生。

一艘高達三層樓左右的黑色大船從島上矗然而出，龐大的船身散發強烈瘴氣，夾帶著沉重的壓迫感逐漸航近岸邊。

這……這就是麗環以前曾經說過的鬼船嗎？可是這裡怎麼會……極度的視覺震撼讓江雨寒愣在原地，呆若木雞。

跟在眾人後方撤退的阿凱此時也回到岸邊，將她護在身後。

「凱，這是什麼？」隨著鬼船的靠近，她看到瘴氣籠罩的船身掛滿不計其數的人頭，長髮披散，有的眼睛半開半闔、露出恐怖的眼白，有的瞠目圓睜、目光怨毒，令人驚駭。

「渡化亡靈所用的法船。但因為超渡失敗，冤死的靈魂受困在法船上，怨氣長年累積變成這樣。」阿凱注視著越逼越近的鬼船，濃眉微蹙。

「怎麼會突然出現呢？」

阿凱轉頭看向小胖，小胖立即尷尬地說：「對、對不起啦！我怎麼知道那個什麼鬼鎮魂碑的石頭看起來堅固，實際上卻那麼不耐坐，我只是稍微靠了一下，它……它就碎掉了……我、我也不是故意的……」

「你個死胖子！捅出這什麼鬼東西啦！」

「都是這死胖子害的！我們完蛋了！」

「這下被胖子害死了……」

嚇得崩潰大哭、魂不附體的眾人紛紛臭罵小胖。

阿凱則是異常沉靜——他寧可把罵人的力氣省下來對付眼前這艘異常龐大的鬼船。

正當阿凱思索著要如何應對的時候，站在他身側的小島田已將一張寫滿祓詞的符咒點燃書空，緊接著將浮在半空中的灰燼朝那隻橘色小貓身上一吹。

香灰覆體的橘貓倏地化出如鬼船巨大的猛虎法身，一雙血紅大眼炯炯有神，金光閃爍的毛髮似烈焰般灼灼飛舞。

「靠！我的媽！這什麼東西？」驟然現形的猛虎法身嚇得眾人退避三舍、驚叫連連。

「這是神使真身——『虎靈降世』。雖然來到台灣之後，神使靈力大幅減弱，但應該還可以撐持一段時間，大家快走，我來斷後！」

「沒有理由讓外地人冒險斷後，這裡交給我，你們先走！」阿凱五雷號令上手，絲毫不退讓。

「辰凱先生，請護著小雨小姐離開！」

「小島田先生，我不能……」

江雨寒正想拒絕，小島田立刻打斷她的話——

「小雨小姐，防空洞的封印還需要靠妳維持，斷不能有所閃失！不用擔心我，有神使在，我不會有事。」他轉向阿凱說：「拜託你了！辰凱先生，請務必護住小雨小姐！」

阿凱猶豫之間，鬼船已逼臨岸邊，和聳立如山的神使真身形成對峙之勢。虎靈神使發出憤怒的咆哮，吼聲震地。

「辰凱先生！」

「我知道了！我帶眾人到安全的地方，立刻回來協助你！」

阿凱拉著江雨寒的手，招呼眾人隨他往另一個谷口撤退。

她猜想阿凱之所以不循來時路，大概是為了避開那片荒塚，而選擇較為安全的路線。但距離湖邊越遠，她總感覺跟隨的人越多，四周影影綽綽。轉頭一看，發現身後除了雷包、小胖這些人之外，還有許多臉孔模糊不清的黑色人影環伺周圍。

她忍不住倒抽一口氣，握緊阿凱的手，正想出言提醒，他已然停下腳步。

「看來，我們的生人之氣驚擾到在此長眠的無主孤魂了。」阿凱淡淡地說。

前方大量群聚的黑色人影橫住山谷出入口，猶如一道高牆。

---

1 烙人，台語，落人，糾集更多人前來協助。

第二十七章 魂斷蘭桃

眼見一大群黑幢幢的鬼影徹底包圍，再也無路可跑，飽受驚嚇的女孩子們驚天動地地放聲尖叫，眾人怕得簌簌發抖，哭著抱成一團。

面對數以百計的靈體攔路，阿凱並無懼色。「人鬼殊途、幽冥有別，請諸位移步，我們這就離開，互不相擾，如何？」他語氣平和地說。

眾多靈體兀自默默，對他的話無動於衷。

阿凱見狀，不再囉嗦，放開江雨寒的手，口中緩緩念誦七元解厄星君尊諱，驟見掌上光燦北斗、眾星匯流，沛然真氣轉瞬凝成一柄七星靈劍，利芒四烜、神威赫赫。

靈劍在手，阿凱颯地疾步上前，正欲掃蕩妖邪，腳下地面突然竄出煙塵陣陣。塵霧之中，出現一位手拄枯木為杖的老者。

「且慢！且慢！年輕人出手不要這麼粗殘，有話好好說！好好說！」老人急忙伸手攔住阿凱。

這名老者白髮蒼顏，衣衫破敗襤褸，但阿凱一眼就從對方服色辨識出來者的身分。

「祢是此方土地？」

「正是。李大少爺，我和你家老闆也還算熟識，你手上那傢伙先收起來，先聽老頭子說幾句話吧！」

土地神口中的「老闆」，指的是阿凱所侍奉的神尊——北辰帝君。

阿凱聞言，右手輕揚，七星靈劍頓時消散。

土地神吁了一口氣，「還好我及時趕到，不然你那七星劍一揮下去，這些好兄弟都要魂飛魄散，永世不得超生了。它們雖是孤魂野鬼，但沒有惡意啊。」

「這麼大陣仗攔我去路，叫做沒有惡意？」阿凱不以為然地說。

「它們也是可憐，不得已才攔你的駕。」土地神長嘆一聲，娓娓訴說。

在阿凱和土地神對談之時，雷包和百九抱著頭蹲行到江雨寒身邊，小聲地問道：「嫂子嫂子！阿凱現在在和誰說話？」

「土地公啊。」她輕聲回答。

「土地公？土地公在哪？」兩人轉頭四顧，露出畏懼的表情。「沒看到啊，只看到一堆黑黑的鬼影子。」

「你們看不到土地公嗎？祂就站在阿凱前面。」她感到非常驚異。

「看不到欸！」百九搖搖頭。「阿凱看得到土地公就算了，他本來就是神明乩身，專門替神明辦事的，為什麼妳也看得到，我們就看不到？」

江雨寒也覺得很奇怪。之前屢次見鬼，可以歸咎於自己運勢低，但現在能夠見神又是為什麼呢？

她目不轉睛地望著正自滔滔不絕的土地公，滿心困惑。

「……異族初初接管台灣那個年代，住在這一帶的村民不甘心受人轄治，豁命抵抗，最後招來屠村的厄運，不分男女老少，盡皆慘遭梟首。身首異處的遺體被丟棄湖中，屍血染紅了湖水，只有少數幾個年輕人僥倖出逃。改朝換代之後，當初僥倖逃走的人皆已年老，念及狐死首丘，歸葬此地，但後世凋零，村外的墳山從此再也無人祭掃，血食斷絕，悲及九泉，實在淒涼……」

阿凱聽到這裡，已經了解土地神的意思。

「好了好了，祢希望我做什麼，直接講，不要浪費時間。」他想到小島田獨力面對亡靈鬼船，心中焦急。

「李家少爺快人快語，那老頭子就不客氣地提出要求了——希望你可以為這片墳山孤魂打場為期七七四十九天的九幽醮或水陸法會，並雇人管理墳塋，不要任其荒廢傾頹。以你們李家的財勢，這區區小事不算什麼。」

「是不算什麼，但這種行為和攔路打劫有什麼不同？」阿凱沒好氣地說。

「這不也是迫於無奈嘛，它們若不趁現在攔住你，哪有機會跟你說上話呢？這樣吧，我叫它們向你賠罪！」土地神環視四周那些鬼影，說：「李家少爺一言九鼎，已經答應替你們建醮修墳，你們快為剛才擋駕的行為賠個不是！」

鬼影聞言，紛紛伏地叩首，然後一個個形體湮滅、漸次消失。

「多謝你，它們已經放心離開了。」土地神蒼老的臉上露出欣慰的微笑。

無端被趁火打劫一場，阿凱心中有點不是滋味，但既然是做好事，他也就不計較了。

「我問祢，剛才那些是墳山孤魂，那湖上的鬼船亡靈是什麼來歷？」

「那些就是當年被異族砍頭、屍體遺棄在湖中的可憐村民。它們因橫禍慘死，又沒有好好殮葬，所以怨氣極深，經常現形傷人。改朝換代那時，多次有人請來法師超渡除靈，結果都失敗了，反而導致怨靈束縛在法船上，無法解脫，弄成如今那種樣子。」

「祢身為此方土地，就放任那艘鬼船作祟？」

土地神連忙搖頭，「我是墳山土地，湖中不歸我管轄。再說了，身為香火斷絕的小神，也沒有力量與之抗衡。要想消滅鬼船，還是得仰賴帝君的無上神威，要是李家少爺願意出手相助，自是求之不得，不過，在那之前……我有一言相勸。」

「說。」

「倘若還有一線之明，萬勿趕盡殺絕。」

「為什麼？祢不是說鬼船亡靈屢屢傷人？既然如此，斷不能留。」

「上天有好生之德，湖中亡靈雖惡，亦是有情眾生。若有機會渡化升天，未必定要它們魂飛魄散、不得超生。」

阿凱微微遲疑，似乎有所猶豫。

「我會考慮。」他轉向江雨寒說：「妳和大家暫時留在這裡，我去支援小島田。」

江雨寒還沒回答，土地神就先說：「帶這小姑娘一起去吧，她祖蔭深厚，遇事可以逢凶化吉。」

她愣了一下，「我？祖蔭深厚？」身為一個三番兩次差點被惡鬼整死的人，她覺得祖蔭深厚不應該是這個樣子。

土地神頷首微笑，「妳曾在神明尊前立誓，願以自己的性命替李家少爺承擔死劫，不是嗎？這誓約這麼毒，若非帝君慈悲，加上祖蔭深厚，妳早小命休矣！」

原來小雨當年立下的誓願，竟不僅是折損陽壽，而是以一命換一命嗎？阿凱十分震驚。

「小雨妳……」

「我……這……」深藏多年的祕密當著阿凱的面被揭開，她大為困窘，連忙岔開話題：「先別說這些，快去救小島田先生！」

亡靈鬼船矗立岸邊，散發強烈鬼瘴，周圍一股無形的壓力讓人倍感沉重。黑氣籠罩的船身掛滿披頭散髮的頭顱，皆以怨毒的眼神瞪視岸上的虎靈神使。

虎靈瞳光如電，怒吼如雷，鬼船有所忌憚，一時不敢前進，但也不退，兩者僵持不下。

小島田心知神使在飄洋過海之後，殘餘靈力有限，唯恐虛耗，所以不敢貿然下令攻擊，只求盡量拖延，為眾人爭取逃離蘭桃坑的時間。

過沒多久，虎靈身上金光逐漸散逸，威猛的法身緩緩縮回小貓形態。

小島田暗呼不妙：「果然還是太勉強了嗎……不知道小雨小姐和辰凱先生是否已經平安逃出去了？」

神使靈壓消失之後，亡靈鬼船即刻逼近，登臨岸上，龐然形體竟自舟行陸地。

小島田見狀，即刻打出手中符咒，勢如流火，然而體型龐大的鬼船行跡飄忽詭異，彷彿瞬移般閃過烈火咒。

鬼船上的頭顱受此刺激，猛然淒厲喧囂，自船身竄出數十隻黑色的鬼瘴之手，小島田倉皇閃避，一時不慎被一隻鬼手觸及手臂，厚實的羽絨外套頓時熔出一個大洞，絨絲如雪紛飛，右手同時傳來劇烈的疼痛感。

他連忙退到數步之外，脫掉外套檢視傷口，只見袖子嚴重破損，手臂的皮肉潰爛腐化，黑氣瀰漫。

鬼瘴威力超乎想像，他不禁皺緊眉頭，心下明瞭，自己大概沒有機會全身而退了。

化為小貓的虎靈擔憂地對著他喵喵叫，他勉強笑道：「我沒事……」

一語未完，更多鬼瘴之手朝他襲來，他連忙側身閃躲，疲於奔命。

忽一閃神，一隻鬼手倏然攫住他的右腳腳踝，將之拔地拉起，往鬼船拖去。

眼見就要被拖進群魔亂舞的船身，一把七星劍破空飛至，凌厲鋒芒精準削斷鬼手，整個人頓時自半空摔落酸棗樹叢裡。

「你沒事吧？」江雨寒跑了過來，協助他自樹叢中脫身。

「小雨小姐？為什麼跑回來？快離開！」

右腳踝上腐蝕般的痛楚讓小島田幾乎站立不住，但比起自己的傷勢，他卻更加擔心江雨寒的安危。

「其他人已在安全的地方，我和小島田不放心讓你一個人單打獨鬥。」

「辰凱先生？」

小島田轉頭一看，阿凱手持柏木所製的五雷號令，巍然佇立在鬼瘴狂肆高漲的亡靈鬼船前方。正想叫他快跑，只見阿凱足踏天罡、手掐劍指，虛書符篆於五雷號令之上，口中念念有詞道——

「道臨天下，除厄破邪，帝君靈駕，勖我神威，昊法無極，敕令五雷！」

道令甫落，全身驟然迸現昊光萬丈，驚天紫氣直衝九霄，瞬間烏雲盡散，漫天閃電奔雷飛騰交錯，如龍蛇舞空。

鬼船惡靈為阿凱身上的神威所震懾，倏忽退守湖面。

他持續施咒，船身下白霧黑水漩流如渦，逐漸形成流轉不息的太極兩儀圖形，牢牢鎖住鬼船。

「五雷法——天地同歸！」

阿凱高舉五雷號令，破空斜劃，引動萬鈞雷霆自天際直劈而下，正中亡靈鬼船。

陣陣哀號慘叫後，被電流霹靂籠罩的鬼船急速縮小，轉眼縮成普通帆船大小，妖力遽然大減。

一旁的小島田見機不可失，雙手結印，口中誦念：「釋提桓因達羅，敬賜神力，御法降身，御靈降臨……」欲借雷神帝釋天之力，對鬼船進行最後一擊。

鬼船上受到五雷法重創而變成焦黑的人臉紛紛露出驚恐的神情，船身作勢迴轉閃避，卻因太極兩儀陣之故，無法逃離原地。

小島田手上雷光凝聚，蓄勢待發。

「等等！小島田先生！」江雨寒突然擋在身前，阻止他的攻勢。

「小雨小姐，請妳讓開，此物凶惡異常，絕對不能縱虎歸山！」深知江雨寒大概又是惻隱之心發作，小島田這次卻毫不退讓。

「可是鬼船的力量已經大為減弱了，那些亡靈好像有話想說的樣子……先讓我和它們溝通看看吧！」

「溝通？這……」

連他這個靈能力者都無法和鬼船亡魂進行溝通，身為凡人的小雨小姐又有什麼能為呢？鬼船妖力雖已大不如前，但殘存的鬼瘴仍足以傷人性命，萬一小雨小姐有什麼閃失……小島田為難地用眼神向阿凱求救，希望他可以出面阻止江雨寒。

阿凱略微猶豫了一下，出人意表地說：「讓她試試。」

「辰凱先生！你知道這有危險……」

「我相信小雨。」他堅定地說。「況且鬼船被五雷法定住，一時三刻間諒想無法興風作浪，放心吧！」

「這……好吧！」小島田無奈地放下雙手，雷光消散。

江雨寒靠近鬼船，船上焦黑的人頭垂眼看著她，眼神淒然幽怨；殘破缺損的嘴唇隱約翕動，看似欲言又止。

她伸出纏著繃帶的左手，緩緩探入以鬼瘴之霧凝聚而成的船身中。

剛吃過鬼瘴大虧、傷口還在劇烈作痛的小島田因這大膽的動作倒抽一口氣，手中緊握念珠，提高警覺凝神戒備。

透過左手的接觸，她接收到鬼船傳遞的意識，腦海浮現一塊刻字的石碑。

石碑周圍霧氣瀰漫，致使看不清楚符文內容，只覺得上頭篆刻的字體非常眼熟，依稀是出自她爺爺的手筆。

難道當年竟是爺爺將亡靈鬼船鎮壓在此嗎？

「凱！被小胖壓壞的石碑在哪裡？」

阿凱和小島田帶著江雨寒前往湖中小島，查看毀損的石碑。

極具歷史感的古老石碑分裂成四塊，散落在地。小島田動手將石碑拼湊起來，豎立在原先的位置。

根據石碑上的記載，當初冤死在蘭桃坑的亡魂怨氣不散，經年作祟。

為了躲避兵燹戰禍而遷居此地的村民不堪其擾，多次委託法師道士修法渡化，但用盡方法總不成功，反而因為渡亡儀式失敗，導致死者魂魄禁錮在法船，積怨越深、戾氣越重。

江雨寒的祖父江伏藏聽聞此事，隻身前來蘭桃坑，和亡靈鬼船對陣鬥法，成功鎮壓。在他即將消滅鬼船之際，害怕魂飛魄散的亡靈哀求他網開一面。

江伏藏思慮再三，最終沒有痛下殺手，而是和對方達成協議，將淨化過的鬼船封入鎮魂碑，藉亡魂之力，成為風天法陣的三大陣眼之一，協助壓制防空壕惡靈。

「既然鬼船上的亡靈和我爺爺達成協議，自願成為封印陣眼，為什麼會變成現在這種怨氣深重的樣子？是反悔了嗎？」讀完碑文之後，江雨寒奇怪地說。

「或許是長期受到防空壕中惡靈怨力的影響。」阿凱說：「鬼船本身已是怨念聚合體，東南瀑布蛟龍升天、陣眼毀損之後，鎮魂碑裡的亡靈獨木難支，日益浸染魔化。」

「有辦法淨化鬼船，讓它繼續維持風天法陣的封印嗎？」

「沒辦法也要有辦法。即使是用強硬的方式，也必須將鬼船封印回去！」小島田擔憂地說：「按照辰凱先生的說法，結界三大陣眼已經毀損兩個，若不儘速將鎮魂碑修復，恐怕防空洞惡靈很快就會破封而出！鬼船妖力如今已被辰凱先生削弱，我可以重新封印它們。」

「好，我先去問問看它們的意見，如果它們自願，那是最好……」江雨寒說。

雖然以強硬的手段，或許也能達成目的，但總覺得這樣太可憐了。

她跑到身陷太極兩儀陣的鬼船前方，詢問那些亡靈：「你們願意回到鎮魂碑，繼續協助維持風天法陣嗎？」

船身懸掛的頭顱緩緩闔上雙眼，神情安詳寧靜。

「謝謝你們！等處理掉防空洞的惡靈，我們一定會放你們出來，為你們超渡！在那之前，請再忍耐一段時日。」

得到事主同意之後，小島田開始進行淨化儀式，重新封印。

「請小雨小姐在石碑上滴血，以加強封印的力量。」

「我來！」阿凱毫不猶豫持刀劃破自己的手掌，讓夾帶神尊之力的乩血滴在石碑上。

眼看阿凱的血逐漸將整塊石碑染紅，江雨寒也跟著淚流滿面。

「真是傻瓜，不過幾滴血而已，哭什麼啊？」他忍不住蹙眉輕斥。

「會痛嗎？」她捧著他的手，準備消毒上藥的時候，灼熱的淚水卻涔涔滑落，濡濕了他的掌心。

「看妳流淚比流血還痛，別哭啦！」

江雨寒聞言，連忙擦乾眼淚。

「對了，阿凱，這座小島上還有另一條吊橋通到對岸，那邊你們有去找過了嗎？」她一邊熟練地替他包紮傷口，一邊問。

「沒有。才過來這裡不久，小胖就壓垮鎮魂碑，導致鬼船現形，大家逃都來不及了。」

「那我們一起去對面找找看。」

因為小島田要留在島上為鎮魂碑裡的亡魂修法誦經，所以由阿凱和江雨寒兩人前往對岸。湖的另一側荒蕪更甚，山坡上長滿盤根錯節的樹叢雜草，完全無路可走。

江雨寒看著眼前這堪稱蟲蛇樂園的樹林，心裡發懵。

「阿凱，黃可馨她們會跑來這裡嗎？」

她覺得一般人應該沒有理由跑到這種原始森林才對，因為樹叢這麼繁盛茂密，連要踏進去都有困難。

「不知道。要是真的被鬼附身，就無法按常理判斷……」

「我想我們還是報警，請警察協助搜尋好了，他們比較專業。」

「蔡雅芙說她有打給村裡的員警，但對方認定她們又在假鬼假怪、無事生非，所以不予受理。」

「那就傷腦筋了。這片樹林這麼大，上哪裡去找人？」

「妳有聽到奇怪的聲音嗎？」阿凱突然輕聲說。

江雨寒側耳諦聽，聽到山坡上傳來陣陣「啪嗒」、「啪嗒」的聲響，雖然很細微，但深谷寂靜，聽得格外清楚。

「好像鞋子踩過落葉的腳步聲！」她說。

「我們上去看看。」

阿凱牽著江雨寒的手，小心地穿行在蔓草荒林間。兩人費了很大的力氣，好不容易才爬上斜坡。

山頂上有一片桃花心木林，樹木長得非常高大，大約高達二、三十公尺，他們聽到的腳步聲就從林中傳來。

桃花心木是一種極富經濟價值的樹種，可用來製作高級家具，於日治時期大量引進台灣，廣為種植；但黃可馨她們又不是山老鼠，沒事跑來這種樹林做什麼呢？

江雨寒按下心中的疑問，隨著阿凱走進林中。

「小雨別看！」

因為阿凱及時用手掌遮住她的眼睛，她沒看到黃可馨、王薏君、何小梅三人高高懸吊在桃花心木上的遺體。

她們的眼睛都被挖掉，徒留兩窪血淚乾涸的空洞眼窩；吐露在外的舌頭硬生生少了半截，剩下半截仍滴著血，自高處沉重地滴落在枯葉上，發出「啪嗒」、「啪嗒」的聲響，幽幽迴盪空谷中。

第二十八章　厲鬼山魈

阿凱看著高懸在桃花心木上那三具死狀離奇的遺體，內心十分驚愕。

那三個人……究竟遇到什麼狀況，竟慘遭剜眼斷舌而死呢？即使是鬼魅作祟害人，應亦不至於此……

「阿凱，看到什麼了？」江雨寒困惑地問。

他的大掌仍牢牢摀著她的眼睛，她什麼也看不到，只聞到一股濃濃的血腥味，不知道是不是他手上的傷口散發出來的？

阿凱深吸一口氣，「妳……妳先別抬頭看。」

雖然非常好奇，但聽到阿凱的聲音微微顫抖，她也知道事態不尋常，於是順從地點點頭，「好，我不看，但是……」

一語未完，林外突然傳來一陣陣巨大的樹木斷裂聲響，好像有大型的動物強行穿梭在叢林中一樣。

「我們走！」阿凱立刻拉著她的手追上去。

他們看到前方一個非常高大的黑色人影在較低矮的灌木林中奔跑，速度極快，盤根錯節、枝梗橫生的樹叢分毫阻礙不了那健步如飛的腳程。

阿凱和江雨寒已經跑得很快了，仍然遠遠追不上。

「那個……那個應該不是人吧？」她看著對方在林中穿梭的詭異姿勢，心裡不由自主地感到恐懼。

只見那個黑色人影的步幅極大，膝蓋完全沒有彎曲，就像圓規兩腳拉到最大的樣子，而且下垂的兩隻手臂緊貼著身軀，絲毫不見擺動。

正常人類有辦法用這種姿勢，在崎嶇的山林間急速狂奔嗎？

她越想越害怕，全身寒毛直豎。

追了一會兒，那個怪異的黑色人影自灌木叢中穿林度葉而去，消失在懸崖邊。

懸崖下方是深度至少二十層樓的河谷，溪流湍急。

阿凱立於崖上端視，谷風習習拂動他的瀏海。

「那不是人。」他說。

「不是人，那麼是……」她畏懼地緊抱著阿凱的手臂。

「那是山魈。」

說到山魈，她立刻聯想到生活在非洲的那種靈長目猴科動物，長得像狒狒一樣，但隨即明白阿凱指的是屢見於古籍記載的那種鬼怪山魈。

她記得《閱微草堂筆記》中有數則關於山魈傷人的故事，書中說：「山魈厲鬼，依草附木而為祟。」

小時候她也聽過村中的大人們說竹林裡有山魈住著，山魈本性凶殘，而且愛吃人，會把闖進竹林的小孩子吃掉。

這裡既有山魈出沒，那黃可馨她們會不會有危險？或者……已經遭遇不測了？江雨寒悚然一驚，連忙問道：「阿凱，你剛才到底看到什麼了？」

「先回到有訊號的地方，報警吧。」阿凱嘆了一口氣，牽著她的手往下山的方向走。

黃可馨三人的離奇死亡命案，震驚了這個封閉純樸的山村。原本就不太平靜的村子，因此陷入更加惶惑不安的恐懼，謠諑四起，人人自危。大家都說她們是被山裡的惡鬼抓走了，還被吃掉眼睛跟舌頭。

數日後，為打聽案情偵查的詳細內容，江雨寒和擔任員警的俊毅私下約在阿凱家見面。阿凱讓俊毅在二樓的客廳就坐，在場只有他們二人和江雨寒。

「因為這個命案還在調查當中，不能公開，今天我私底下跟你們說的事，希望你們不要透露給其他人知道。」俊毅正色說道，原本就不苟言笑的臉顯得更加嚴肅。

「我知道，你放心，我和阿凱不會說出去的。」江雨寒連忙保證。「黃可馨她們三個人的死因是？」

認真說起來，她和那三名死者並不相熟，黃可馨是處心積慮想要害死她，而另外兩位僅只當初闖防空洞時有過一面之緣，但聽說她們死狀奇慘，她也不免有些難過。

「正式的驗屍報告還沒出來，但據我認識的法醫私下告訴我，三名死者頸部有明顯勒痕，喉管受到極大的外力壓迫，舌頭外露，且有脫肛和脫糞的情形，應是上吊導致的窒息身亡無疑。」

「遺體被發現的時候，距離地面至少十公尺以上，什麼原因讓她們跑到那麼高的地方上吊？」阿凱問道。

說到上吊身亡，通常都會聯想到自殺，但他相信黃可馨三人的死，絕對不可能是自殺。桃花心木樹身高大，樹幹筆直，要爬上去並不容易，若真想自殺，山谷裡不乏更好的選擇，實在沒必要特地爬那麼高。

俊毅遲疑了一下，語氣有些吞吞吐吐：「這不好說……坦白說，照我從現場跡象看起來，還真不像上吊自殺……」

「那是什麼原因？」江雨寒跟著追問。

「造成她們頸部勒痕的那些藤蔓是原本就長在樹上，並未遭到人為破壞，所以我個人覺得……她們比較像是被某種力量強行吊在那邊的……」俊毅艱難地說。

「你的意思是，有人把她們抓到十公尺高的樹上然後活活吊死？」她驚駭地說。

俊毅尷尬地抓了抓頭，「很不可思議，對吧！我自己也覺得這種想法非常荒謬。怎麼可能有辦法把人抓到那麼高的地方去吊死呢？而且，還有一件事，非常奇怪……」

江雨寒連忙問：「什麼事？」

「經過鑑識，三具遺體附近那幾棵樹，樹身都沒有留下任何生物攀爬過的跡證，也就是說，不管她們是自己爬上去，或是被別人抓上去，都是完全不可能的事。」

江雨寒驚訝地看向阿凱。

她原以為黃可馨三人是慘死於山魈毒手，然而阿凱說，山魈雖可能吃人，但不太可能附身，王薏君生前卻明確告訴蔡雅芙，黃可馨被鬼附身了，所以她們的死因或許另有緣故。

如果說，是山魈把她們三人吊死，怎麼能不在樹身留下任何痕跡呢？那天在蘭桃坑，她親眼看到山魈所行之處草木盡摧，可見山魈是有實體之物，如何殺人於無形？

阿凱默默若有所思，過了一會兒，問道：「關於她們的眼睛和舌頭的部分……」

俊毅神色驟變，臉上的表情顯得非常複雜，「舌頭和眼睛都不見了，四處都找不到，而且她們的眼睛……根據鑑識結果，她們的眼睛是自己挖出來的！」

「自己……挖出自己的眼睛？」江雨寒有點難以接受她所聽到的事實。

俊毅點點頭，「從她們三人手指上殘留的生物跡證判斷，這一點幾乎可說毫無疑問，有疑問的是——為什麼？而且三個人是在挖出雙眼的幾個小時之後，才因腦部缺氧、窒息身亡，這也是很匪夷所思的地方。」

說完之後，他長長地吐了一口氣，像是要把胸中那股不舒服的感覺吐出來。

江雨寒聽完也是一臉慘然。這樣痛苦的死法，她光想像就胃痛不已。

「舌頭呢？生前斷掉，還是死後？」阿凱繼續追問。

「這個部分，根據我的法醫朋友初步判斷，可能是死前不久，但是……」

說到一半，江雨寒的手機響起，她連忙起身，「抱歉，我先去隔壁接聽電話。」

等她結束通話，俊毅也要趕回警局了，她和阿凱送他下樓騎車離開。

外頭天色已暗，遠方的彼岸花海為暮靄籠罩，看起來縹緲如幻，極不真實。

她凝望著那片彷彿延伸到西北山腳的紅霧，突然有種不知今夕何夕的惘然之感。

「我先送妳回去嗎？還是留下來……吃個飯？」阿凱輕聲問。

「承羽回來了，他剛才打電話給我，說等一下就來接我去醫院，有事商議。」江雨寒回頭看他，臉上帶著歉然的表情。

「嗯，好。」

過不了多久，承羽的車果然出現在李家庭園的另一頭。

江雨寒向阿凱道別，上車遠去之後，鈞皓倏忽在他身後現形，手上抓著一大把剛摘來的紅花石蒜，細長的花瓣在夜風中紛舞輕揚。

「老大，你那麼喜歡她，為什麼不讓她知道呢？」

阿凱沒有回答，看著遠去的車影，驀然回想起一件很久很久以前的童年往事。

村中主要道路向東北群山迤邐延伸，直到險降坡處，繁華就落盡了。

斜坡右邊，恣生著漫山遍野的紫茉莉花，每日黃昏，在迴光返照似的暮光中絢爛一場，然後歸於寂寞。

鄰近小溪的左邊斜坡，滄桑古老的墳墓星羅棋布，傳言那裡常有蔭屍，村裡的孩子都不敢靠近。

那是一個安靜的春日午後，小雨拿著柳枝編成的小提籃，往村尾走去。手上的提籃大概是剛編好的，翠生生的枝條還帶著鶯羽似的嫩葉。

快到斜坡的時候，她左轉踏上五節芒夾道的黃土路，前往「山羌寮」——據說舊時多有山羌出沒，遂以為名。

順著光禿禿的黃土路走到底，右轉是一條古木參天蔽日的林蔭小徑，因為兩側龍眼樹及桃花心木枝繁葉茂，即使白晝仍顯幽暗。

在轉角處，有一片占地極廣的建築工地，前幾次經過這裡，小雨就注意到了，原以為是村裡的有錢人正在蓋別墅，今天一看才明白，那是一座即將完工的新墳，外觀非常宏偉，墳前廣場上還有一座涼亭。

小雨最怕看到墳墓，連忙把頭轉向左邊，快步通過。

走出林蔭小徑，就抵達古稱山羌寮的山谷，這裡長了滿坑滿谷的桑樹，和被村民呼為「虎婆刺」的薄瓣懸鉤子。

懸鉤子植株帶刺，但長著鮮紅多汁的莓果，很受孩童喜愛，村裡的孩子們經常受到那甜美的果實引誘而跑到這個山谷，小雨也是如此。

她滿心期待地跑到懸鉤子叢生的山坡前，結果讓她非常失望——竟一顆果實也沒有，八成是被其他孩子們採光了！

她垂頭喪氣地往回走，遠遠看到落葉堆積的小徑上有一顆碩大殷紅的懸鉤子，不禁眼睛一亮，立刻跑上前去，蹲下細看，才發現那已經被踩壞了。

「好可惜啊……」

她蹲在地上，正感嘆不已，頭頂突然傳來一個男生的聲音——

「妳在這裡做什麼呢？」

抬頭一看，一個陌生的男孩就站在她身前，年紀似乎比她大一些，大約十一、二歲，身材高高瘦瘦，長相十分清秀，像個漂亮的女孩子一樣。

可能他的聲音和外表給人感覺很溫柔吧，小雨雖然不認識他，倒也不見外。

「我來採虎婆刺，可是都沒有了。」她站起來，隨手拍拍沾附在裙緣的泥土。

「虎婆刺？那是什麼？」

小雨指著地上那顆果實，惋惜地說：「長得就像那樣，酸酸甜甜的，很好吃。裡面的山谷原本有很多的，可是我來得太晚，都被採光了。」

「這樣子啊……」男孩注意到她手上的籃子，「這籃子是妳做的？真漂亮欸。」

「很漂亮嗎？你喜歡的話，就送給你好了。」小雨說著，將柳籃遞給他。

「真的可以嗎？」男孩秀麗的臉蛋露出受寵若驚的表情。

「反正我也沒有虎婆刺可以裝啊。」小雨苦笑地說。

「謝謝妳，妳人真好！」

過了半個月，小雨又獨自跑到山羌寮。

雖然她一直在心裡告訴自己，不要往右邊看，但那座新墳前的涼亭桌上那堆紅豔豔的東西，卻牢牢吸引住她的目光。

忍不住靠近一看，那是她上一次編的綠柳籃子，枝條已經乾枯了，變成深褐色的籃子裡裝著滿滿的虎婆刺果實，每一顆都異常的碩大飽滿。

這是誰採的呢？怎麼會放在這個地方？她好奇地四下張望，不經意看到鑲嵌在墓碑上的那張黑白照片，一股涼意霎時從頭竄到腳。

從此以後，就算打死她，她也不敢再踏足山羌寮了。

有一天，她的好朋友薇薇騎著腳踏車來找她，前面車籃裡坐著一隻可愛的黑色幼犬，玻璃珠似的晶亮眼睛圓滾滾的。

「哪裡來的小狗啊？」小雨好奇地問。

「我家附近的野狗生的，我趁狗媽媽不在，好不容易才偷到手。我觀察了好久，這隻最漂亮！」薇薇洋洋得意。

「這樣不好吧！而且妳家不是已經養了很多隻德國狼犬了嗎？」

「沒關係啦！不說這個了，陪我去山羌寮！」

「我不要！」小雨斬釘截鐵地拒絕。「那裡有鬼！」

「大白天的，哪來的鬼啊？拜託妳陪我去啦！我今天一定要去那裡採蠶仔葉，不然我家的蠶寶寶就要餓死了！」

禁不住薇薇的死纏爛打、軟硬兼施，小雨最後只好答應了。

她心想，有薇薇跟小黑狗在，之前那個鬼應該不會再出現了吧！

在山羌寮採了大量的桑葉之後，薇薇騎著腳踏車載著小黑狗和小雨，穿梭在林蔭小徑時，輪胎不慎壓到覆在落葉下的大石塊，重心傾斜，就連人帶車摔倒了。

車籃裡的小黑狗受到驚嚇，往小徑旁邊的的竹林竄逃而去。

「慘了慘了！小狗跑掉了！」薇薇見狀非常焦急。

「我們快去把牠抓回來！」小雨說著，就要跑進竹林。

薇薇連忙伸手拉住她。「不行啦！妳不知道嗎？大人都說這個竹林裡有會吃人的山妖，人一跑進去就出不來啦！」

薇薇誤把大人口中的「山魈」說成山妖，不過她現在沒空糾正她；望著幽深而荒涼的竹林，小雨憂心忡忡。

「我知道啊，可是狗狗怎麼辦？竹林裡沒有食物可以吃，牠會餓死的！」

薇薇搖搖頭，「那也沒辦法啊……誰叫……誰叫牠自己要亂跑呢？」

「不行！趁現在還沒跑太遠，我進去找牠，妳在這裡等我！」

「小雨！」

一踏進陰暗如夜的竹林，小雨就後悔了，可是為了找回小狗，只好硬著頭皮繼續在幽幽竹影間搜尋。

好不容易在攢簇的竹叢間找到縮著發抖的小黑狗，小雨連忙把牠抱起來，心裡鬆了一口氣，正想出去和薇薇會合，卻發現自己迷路了，不管往哪個方向走，都走不出這片竹林。

不知道繞了多久，眼看天色越來越暗，山風拂過林間，相互摩擦的竹叢發出似哭似笑的聲響，搖曳的葉影有如鬼魅，她恐懼至極，但她知道薇薇一定會找人來救她，所以並不絕望。她抱緊小黑狗，睜大眼睛四處張望，期待能看到前來救援的人所發出的光線。

「妳在這裡做什麼呢？」

背後突然冒出一個似曾相識的聲音。

小雨嚇了一大跳，下意識拔腿就跑，卻不小心被樹根絆倒，重摔在地。

薇薇跑來向他求救的時候，正下著滂沱的午後雷陣雨。雖然才下午四點多，卻風雨如晦、天昏地暗。

他顧不得大雨傾盆，騎著腳踏車朝山羌寮的方向疾馳。

原本的黃土路因為積水變得泥濘不堪，他只好丟下腳踏車，徒步前往。跑到那座新墳後方時，意外聽到瀟瀟雨聲中夾雜說話的聲音——

「……為什麼？」一個男孩的聲音幽幽地傳來，似乎隱含無限哀怨。

「因為我喜歡阿凱。如果一定要當新娘子的話，我想當阿凱的新娘……」

再熟悉不過的清亮嗓音讓阿凱愣住了。這個阿呆……在這種鬼地方胡說什麼啊？

「可是妳說的那個人，並不能保護妳……看看妳遇到危險的時候，他人在哪……」

「誰說我不能保護她？」阿凱冷冷地打斷對方的話，走進涼亭。

「阿凱？你怎麼會……」小雨沒料到阿凱會跑來這裡，又驚又喜。

藉著天際閃閃雷光，阿凱清楚看見坐在小雨對面的那個男孩，右半邊顱面潰爛見骨，斷掉的右手僅憑薄薄的表皮勉強垂懸在肩膀處。

「你……」阿凱一時驚訝得說不出話，定定看著對方。

男孩注視阿凱許久，「膽量不錯……但是，你如果對她不好，我是會搶走她的……」

阿凱冷哼一聲，「搶得走的話，你就試試看啊！」

男孩殘破的嘴唇微微上揚，形體在轉瞬間消失湮滅。

「妳這傻瓜，不知道對方是鬼嗎？」阿凱轉向坐在石凳上的小雨說道。

「那個人雖然是鬼，可是人很好呢。」小雨指著石桌上那堆裝在籃子裡的虎婆刺果實。

「你要吃虎婆刺嗎？是那個人送我的……」

「……吃妳個頭！雨停了，回家了啦！」阿凱沒好氣地說。

「可是我的腳很痛。」小雨指著自己鮮血淋漓的膝蓋。「右腳踝好像也扭傷了……」

阿凱認命地蹲身，將她整個人揹在背上。

雖然從小讓阿凱揹習慣了，小雨仍感到非常不好意思。

才跨出幾步，他就發現有一隻黑色幼犬正亦步亦趨地跟在腳邊。

「這是？」

「薇薇抓來的狗，我想薇薇應該不要了，牠身上已經沾到人的氣味，也不能再送回去給狗媽媽，你覺得我養牠好嗎？」

「妳連自己都照顧不好了。」阿凱不以為然地說。

「那你幫我照顧好不好？」

「……」

從那天起，阿凱的家多了一隻取名叫做「小凱」的台灣土狗。

很久很久以後，當初兩小無猜的孩子們都長大了，通往山羌寮的小徑已經徹底堙滅，這個地名也早已被遺忘。

而那些長滿山坡的薄瓣懸鉤子，是否還年復一年地開著白色的花呢？

第二十九章

北邙墮神

因為從俊毅那邊所能得到的資訊有限，阿凱決定再跑一趟命案現場，探查真相——雖則人死不能復生，但至少要找出那三名少女遇害的原因，亡羊補牢，避免出現下個犧牲者。

一大早，他依約開車來到江雨寒的住處，接她一同前往蘭桃坑。

他並不想讓小雨繼續涉入這樁危險事件，但他深知依她的個性，就算不給她跟，她九成也會自己跑來；與其放她一個人亂跑亂闖，他寧可把她帶在身邊，或許還相對安全。

停好車，用江雨寒交予他保管的備用鑰匙打開別墅大門，就看到她一身厚重衣著、揹著背包從大廳走出來，後面跟著憂形於色的承羽。

「為了修訂被董事長駁回的劇本，妳整夜都沒睡，真的不用休息一下嗎？不要太勉強了。」承羽擔心地說。

「我沒事，組長一直陪我們三個討論到現在，也辛苦了，先去休息吧！」

江雨寒顏容青白如玉，對著遠方的阿凱露出開心的微笑，但那淺淡的笑意難掩疲憊。

她朝阿凱加快腳步，走沒幾步，單薄的身形略一搖晃，突然向後方仰倒。

跟在她身後的承羽及時上前扶住，只見她全身癱軟，雙眸緊閉，明顯失去意識。

「怎麼了？」阿凱連忙衝到她身邊。

承羽左手抱著她，右手探了探額頭的溫度。「不好！發高燒了！我送她去醫院！」他立刻將她打橫抱進自己的休旅車後座，火速發動引擎。

阿凱見狀，也返回自己車上，準備跟在承羽的車後前往醫院。

在客廳目睹這一切的小島田匆匆忙忙地跑過來，「辰凱先生，請帶我一起去！」

江雨寒因高燒不退，加上手掌的傷口受到感染，引發蜂窩性組織炎，經過急救之後，仍需住院觀察一段時日，持續治療。

阿凱站在病床邊，注視著猶自昏睡不醒的江雨寒，神色凝重。她細瘦蒼白的手臂吊著點滴，覆蓋於薄被下的纖細軀體有如蟬蛻空殼，脆弱得不堪一握。

站在病床另側的承羽一會兒用額溫槍測量她的體溫，一會兒用面紙替她拭去額上的細汗，過了一會兒又幫她拉整棉被，片刻不離。直到手機鈴聲響起，他才歉然地對阿凱點頭致意，走到病房外去接聽。

電話是董事長祕書打來的。董事長祕書姓黃，是一個性情爽朗的年輕人。

「承羽找我什麼事啊？我剛才在忙，沒接到你的來電。」

「想麻煩你幫我再請兩個禮拜的假。」承羽說。

「呃……這個……」黃祕書的聲音聽起來十分為難。「這次董事長額外開恩放你三天假，已經要下紅雨了，你還想再延長兩個禮拜？我敢保證，董事長鐵定直接把假單甩在我臉上，再一腳把我踹出董事長辦公室！」

「要是董事長不准假，就請你按照公司規定替我遞出辭職預告書。不管怎樣，我最近是不會回公司了。」

承羽溫文的語氣一如平常，不疾不徐、不慍不火，卻嚇壞了黃祕書。

「辭、辭職？你在開玩笑吧！你辭職這事比編劇組整組人馬裁光光還大條啊！到底遇到什麼狀況，讓你態度踩這麼硬？該不會是……麗環大姐頭快不行了吧？」黃祕書頓感不安。

「不是，麗環還是老樣子。我是為了私人的事。」

「這……」黃祕書困惑地猶豫許久，想知道承羽究竟怎麼了，但聽他說是私人的事，又不便多問。「好啦！不然，我盡量幫你說服董事長准假好了。再怎麼說，讓你請假總比讓你辭職好！」

「謝謝你。」

結束通話後，承羽走回病房，站在阿凱身旁，看著沉睡中的江雨寒。

「小雨太勞累了。自從麗環出事之後，各種意外狀況紛至沓來，還要負擔兩人份的劇本，她從來沒有好好休息過一天。」承羽難過地說。「為了照料幾位同事的食宿，明明掌心傷口已經潰爛發炎，她仍戴上防水手套勉強下廚……」

阿凱轉頭看了他一下，驚覺他竟雙眼泛紅、泫然欲泣。

如果是以前，他一定會暗地嗤笑這個大男人也太婆婆媽媽，而如今卻意外動容。

小雨曾說過，承羽對任何人都很好。他想，那只因她未曾發現承羽對她的心意——若不是承羽情感藏得太深，就是小雨太遲鈍……

「是我的錯，當初我不應該帶她回來這裡，害她遭遇這一切事情，過得這麼辛苦。她手掌受傷，我難辭其咎，卻沒有盡到照顧她的責任……」承羽語帶哽咽，自責甚深。

抵達醫院後一直沉默不語的阿凱輕嘆一口氣，拍拍承羽的肩膀，問道：「你會留下來照顧小雨嗎？」

承羽點點頭。「是，我已經向公司請假，將留在這裡照顧她，直到她完全康復為止，請不用擔心。」

「我相信你，那小雨就麻煩你了。我還有事，先走一步。」

「這是我應該做的。等小雨出院之後，我決定帶她和同事們離開這個村子。」

阿凱眸中閃過一絲不易察覺的悵然，靜默片刻後，才緩緩地說：「……她若繼續留在村子，遲早會有生命危險，離開也好。」

他深深看了江雨寒一眼，帶著沉鬱的神情轉身離開。

剛去麗環病房探望回來的小島田在走廊上看到阿凱的背影，連忙追了上來。

開車前往蘭桃坑的阿凱，低頭看看趴在自己大腿呼呼大睡的橘色虎斑貓，再看看自動坐上副駕駛座的小島田光，心裡有種莫名其妙的感覺。

「……這隻『貓』是怎麼回事？」他知道那並不是真的貓，但既然此刻明顯是貓的外形，他也想不出其他更適當的代名詞。

「我也不知道，神使一向不親近凡人，不過牠好像意外地很喜歡辰凱先生，希望辰凱先生不要介意。」

「這倒無所謂。」阿凱淡然說道。「但你為什麼堅持跟著我？我現在要去的地方、我該做的事情，都與你無關。」

他並不討厭這個有著一張和年齡不符的娃娃臉的日本人，但總覺得對方似乎熱心過頭。萍水相逢，何必事事插手？

「很抱歉，我的冒昧可能對辰凱先生造成困擾，但是我答應過小雨小姐，不能失信於她，這一點還請辰凱先生諒解。」小島田措辭客氣，態度卻十分堅定。

阿凱眉心微微一挑，「你答應她什麼？」

小島田微笑地說：「基於職業道德，我不能隨意洩漏客戶的委託內容，如果辰凱先生想知道詳情，等小雨小姐醒來，可以問她。」

想起小雨，阿凱不禁神色黯然。等她醒來之後，發現他沒有陪在身邊照料，不知將作何感想？也許會對他感到失望吧……

「不過有一件事，我覺得很奇怪。」小島田說。

「什麼事？」阿凱隨口問道，顯得漫不經心的樣子。

「辰凱先生怎麼放心把小雨小姐交給別人照顧？她不是你的女友嗎？」

雖然他知道自己不應該過問別人的私事，且辰凱先生救過他，他本對辰凱先生頗有好感，但這樣的行為讓他深覺不以為然。

如果不是曾經允諾小雨小姐要保護辰凱先生，像剛才那樣的情況，他一定會選擇留下來照顧她。人都還沒醒呢，轉身就走，未免無情。

阿凱遲疑了一下，說：「小雨……不是我的女友。」他的聲音凝澀，如繃緊的弦。

小島田聞言大驚：「欸欸？那……那是我誤會了嗎？真的非常抱歉！我還以為……我以為你和小雨小姐是……」

因為上一次看到辰凱先生在小雨小姐房裡過夜，加上她珍視辰凱先生遠勝自身性命，其他人又總以「大嫂」稱呼她，所以他一直認為他們兩人是男女朋友的關係。不料竟是誤會一場，那麼小雨小姐對辰凱先生是單戀囉？

「小雨小姐有點可憐呢……」雖然感情之事不是付出就一定會有回報，但看到辰凱先生對小雨小姐的態度，他不禁心生同情。

阿凱不自覺緊握方向盤，指節泛白。「……承羽會好好照顧她，他對小雨很好。」

小島田點點頭，「我這兩天才見到你說的那位，跟他不熟，但以前我經常聽麗環提起這個名字，麗環說他是難得一見的好人。既然麗環這麼說，那大概是靠得住的，不過，辰凱先生應該也看出來了吧？」

「嗯？」

「那個人對小雨小姐很好，是因為喜歡她，不是嗎？」小島田唇邊帶著隱祕的微笑。

阿凱沒有回答，窗外夾帶潮濕草味的凜冽寒風沁入心肺，使他的心臟陣陣緊縮，連呼吸都痛。

原本熟睡的貓不知何時醒來了，溫順地坐在他懷裡，前足輕輕踩踏著他的大腿，像在安慰他一樣。

舊地重遊，蘭桃坑一掃之前的陰鬱景象，變得相當熱鬧，到處熙熙攘攘、人來人往。

小島田看向右側墳山上那數十名忙著修繕墳塋、蓋土地公廟的工人，臉上不禁露出訝異的表情。

「陰氣這麼重的地方，且幾天前才出過人命，這些人在這裡不會有危險嗎？」

阿凱示意他看看左側。

只見山坡上不知何時已搭蓋了數座宏偉華麗的醮壇，十來位手執法器的道士正在祈禳修法，醮壇旁供品堆積如山。

「要真有狀況，這些法師也不是塑膠做的。」阿凱不以為意地說。

經過墳山小徑時，那些工人和道士們紛紛停下手邊的工作，向阿凱揮手致意，顯見態度恭敬。

「這些人都是你請來的？」小島田更驚訝了。「這般規模盛大的法會……為什麼啊？」

「一言難盡。」阿凱不想多說，快步前往當日黃可馨三人陳屍的地點。

他看著被黃色封鎖線圍住的那幾棵桃花心木，想起俊毅告訴他的事——

「……人類的屍體，從死亡那刻開始，肛溫一個小時下降一度。我們警方接獲你的通知，趕到命案現場的時候，那三具遺體的體溫還有三十多度，可見剛斷氣不久，當時凶手極有可能還在附近……」

當時他只看到快速逃離的山魈，但他不認為山魈就是殺人凶手。

「……如果是死後才受的傷，傷口並不會大量出血，從那三個人舌根滲血下滴的情況研判，應該是死前不久慘遭外力活生生扯斷舌頭，才因頸部壓迫，窒息身亡。」俊毅如是說。

先剜眼，接著拉斷舌頭，再吊死……

究竟是誰，如此怨恨黃可馨三人——或者該說是——如此怨恨人類？這樣充滿惡意的殘酷虐殺，簡直就像在對人們示威。

他認為，只知吃人的山魈做不出這種事，也沒必要這樣做，除非是如同法船上的冤魂一樣，受到西北防空壕的怨靈之力浸染影響，導致心性魔化。

他在坐禁的時候，曾感應到不祥之兆，眼見防空壕怨力逐漸擴散籠罩整個村子，他有預感，這場醞釀已久的腥風血雨即將降臨，而那三名少女的死亡，不過是個開端……

阿凱陷入沉思，毫不客氣占據著他右肩的貓突然輕拍了他幾下，轉頭一看，日前遇到的那位土地神正滿臉笑意地站在不遠處看他。

蒼顏白髮的土地神依舊衣衫襤褸，但氣色明顯好多了，一副神逢喜事精神爽的樣子。

「這……這就是台灣民俗信仰中大名鼎鼎的社公大人嗎？」小島田萬分驚奇地睜大眼睛。「想不到能親眼看到，真是太神奇了！」

「異邦小夥子能看見我，修為還行啊。」土地神有些詫異地的看了小島田和阿凱肩膀上的貓一眼，拄著枴杖朝他們走近。「承蒙李家大少爺一諾千金，不但為先人修墳建醮，還額外增建土地廟，小神特來道謝。」

「沒什麼。」阿凱淡淡地說。

「但是新蓋的土地廟規模太大了，區區小神擔當不起，還請改建格局較小的土地祠就好。」土地神略顯惶恐地要求道。

「祢想蓋成什麼樣式，自己去託夢給負責墳山工程的承包商，悉聽尊便。」

「如此，就多謝了。」

「不用客氣，我正有事要請教祢。」

「是關於那三個小姑娘遇害的事吧？」土地神面露不忍之色。

「祢長年居此，應該知道些什麼。」阿凱問道：「那天我在這裡看到一隻山魈，是它幹的好事嗎？」

土地神搖搖頭，「我知道你說的那隻山魈。因歲久年深，那隻山魈已逐漸通靈，不輕易傷人，我想它頂多只是把掉落的眼睛跟舌頭撿去吃而已。」

「……把眼睛跟舌頭撿去吃？」腦海中不自禁浮現出那個血腥的畫面，小島田頓時感到噁心反胃。

「山魈吃這些東西，就像人類小孩撿拾地上的糖果吃一樣自然。」土地神平靜地說。

「山魈既然沒有作惡，為什麼當日看到人就跑？一副作賊心虛的樣子。」雖然阿凱也認為山魈可能不是凶手，但總覺得疑影難釋。

土地神聞言，不禁失笑。「你忘了？那天你曾借用神尊之力，帝君神威所在，連吾等小神尚且退避，小小山魈怎敢託大？當然只能逃之夭夭。」

「那祢有其他線索嗎？」阿凱問道。

土地神表情驟變，謹慎的看看四周，若有忌憚的樣子。「我只是此處的墳山土地，論理不該多事，但李家少爺是帝君乩身，既蒙垂問，我若知情不報也說不過去……」土地神壓低聲音說道。「坦白說，自從山村西北方的防空壕陰氣大盛之後，這附近常有一位墮神遊蕩，我大膽揣測，恐怕是那位墮神下的毒手。」

小島田好奇地問：「墮神？那是什麼？」饒是他自矜熟諳中文，也從未聽過這個詞彙。

「如同字面上的意思，就是指墮落邪道而入魔的神明。」土地神說。

「入魔？你們所侍奉的神明大人也會入魔嗎？」小島田大為震驚。

「當然。神明入魔邪化的原因有很多，例如像我這種香火斷絕的神祇，因喪失人民信仰而導致神力薄弱；或者是受到強大的邪靈之氣侵襲浸染；又或者是對於長久守護人民的職責感到倦怠，因某故而離經叛道等等，都是有可能的。」

「祢說的那位墮神，是什麼來歷？」阿凱問道。

「這我不清楚。我只遠遠看過那位墮神幾次，可感覺得到祂身上的邪氣，似乎隨著防空壕怨力的擴張而日漸強盛。雖是失去神格的墮神，力量卻大得可怕。」

阿凱心頭一沉。

那三個人慘死之後，他便明白自己身為神乩無法置身事外，也已做好最壞的打算，但看來事態是越發棘手了——

即便失去神格，神明畢竟是神明，若再和防空壕怨靈掛鉤，憑他，能應付得了嗎？大概連師父也不是對手。

「連社公大人也不知道來歷，我們上哪裡找那位墮神呢？總不成每天在這裡等祂？」小島田面露愁容。

「如果你們想找祂，可以去北村的邙山試試看，最近那裡總散發一股強烈的惡意。」

「北村？」阿凱突然想起一件事。「前幾天聽說有外地人在北村被鬼附身，最終死狀淒慘，莫非……」

「我知道的只有這些，其他的事，就不是小神所能置喙的了。」土地神愛莫能助地說。

「好吧！我現在就去北村。」阿凱說。

「不不！你明天上午再去吧！」土地神連忙阻止。「已經日暮西山，此行不宜。」

回程車上，小島田鄭重請求阿凱明天帶他一起去北村。

大腿上仍舊趴著一隻貓的阿凱看了他一眼，有點無力，「你非跟不可嗎？」

「當然。辰凱先生若執意不讓我跟隨，明日上午，我也會自己去北村找你會合。」小島田一本正經地說。「雖然我的力量微薄，但既已答應小雨小姐，不管辰凱先生去到哪裡，在下小島田光必捨命奉陪。」

阿凱揉揉有點發疼的太陽穴，長嘆一聲，接著說道：「我不知道你和小雨認識多久了，但我想你們一定是很好的朋友對吧？」

「咦？為什麼這麼說？」

「因為你和她一樣，有著相同的傻氣——或者該說是——過度天真。」

「……你這是在誇獎我嗎？」小島田不禁苦笑。

蕭巖前往位於東南山區的李家別墅，並將一個沉甸甸的雕紋書篋放置在大廳的黃花梨木桌上。

「這幾天村子裡出了事，今天才得空把伏公的手札送過來給您。」蕭巖略帶歉意對著李松平說。

李松平枯瘦的手掌輕撫紫檀木材質的書篋，似乎十分愛惜的樣子。「放火的事，沒人察覺吧？」

「那天晚上雷電交加，雨勢非常大，不會有人發現的。」

「那就好。」

「伏公的手札究竟寫了什麼重大祕密，連阿寒也不能讓她知道？」基於對前輩的尊重，蕭巖雖然保管江伏藏留下的手札多日，但從未擅自翻閱。

「我不清楚伏藏兄的手札寫了什麼。」

「那……為什麼不惜以這樣極端的方式，把這些手札藏起來呢？那可是伏公晚年靜修的丹房……」想到付之一炬的那些古籍珍本，蕭巖著實心疼不已。

「凡是有可能涉及防空壕祕密的，都不能掉以輕心，寧可錯殺，不能錯放。」李松平面若寒霜。「這樣做是為了讓阿寒和阿凱徹底死心。阿凱這孩子，為了替阿寒查探防空壕的祕密，糾纏我好幾天，這對冤家不是那麼容易放棄的人，若不焚毀紅瓦厝，而只單單取走伏公手札，他們一定會起疑。」

「防空壕的祕密，真有這麼嚴重嗎？到底是……」

蕭巖雖然經常出入防空壕，但他只知道風天法陣和強大怨靈的存在，其餘一無所悉。

李松平森然的目光冷冷掃過他臉上，蕭巖悚然一驚，立即鞠躬致歉——「很抱歉！我不該過問！」

李松平轉回目光，手指在書篋上輕敲著。「難得阿凱今天沒有來煩我，他去哪裡了？」

「阿凱一早去了蘭桃坑。他最近命人修繕翻新蘭桃坑的古墳，並為墳山亡魂及那三個死去的女孩子舉辦為期四十九天的法會，還新蓋了一座土地廟，規模不小，不知道阿凱是否有先請示過您？」

李松平擺擺手，「這些小事不用理會，阿凱想怎麼做，就隨他的意思。說到那三個女孩子，怎麼死的？」

「還不清楚，但九成和防空壕的怨靈脫不了關係。」蕭巖嚴肅地說。「阿凱告訴我，蘭桃坑的法船鎮魂碑因受怨力浸染而碎裂，雖然已經重新封印，但我料想……風天法陣的大限將至了。」

「這麼嚴重。」李松平滿布皺紋的臉看起來更皺了，「帝君的意思呢？」

蕭巖回答道：「帝君的意旨是，如果防空壕怨靈安分地待在結界之內，不騷擾生靈，祂便管不著；但若危害到村民性命，就不能袖手旁觀。恐怕阿凱……」

話說到一半，他小心地覷了一眼李松平，似乎有所避忌，不敢繼續說下去。

「事已至此，直說無妨，不必吞吞吐吐。」

「恐怕阿凱終須一戰。」

李松平聞言，精光灼灼的雙眼微瞇了起來。沉默半晌後，幽幽長嘆。

「阿凱幼年曾遭大劫，命懸一線，幸蒙帝君護祐自己的乩身，才得以保全性命，如今是該償還帝君恩情的時刻，我雖不捨，但並不反對。」他慢慢地說，老年人特有的粗嘎沙啞嗓音聽起來格外蒼涼。

「李老能這樣想，我就放心了。」蕭巖明顯鬆了一口氣。他最擔心李老會因對寶貝孫兒的過度溺愛，而不讓阿凱插手。

「不過，你得老實告訴我，阿凱會有危險嗎？」

蕭巖為難地說：「這……這任誰也說不準，坦白對您說，我並不敢保證。」

「即使有帝君神力護體，也不能保證阿凱平安無事？」

蕭巖躊躇了一下，直言不諱：「道法無窮、神力無邊，然而凡人血肉之軀終究有其極限，無法承借過於龐大的神尊之力，一般乩身降神時若能借到一成神力，就已經很不錯。阿凱雖蒙帝君格外垂青，但最多也只能承載五成神力，一旦超出上限，就會導致肉身毀壞，十分危險。」

「那你呢？」

蕭巖神情陡變，面露愧色。「說來慚愧，我的天資尚且不如阿凱，最多只得三成。當初訓乩的時候，我和前代宮主不惜屢屢拂逆您的意思，對阿凱要求極為嚴苛，就是希望他可以做到我們做不到的事，才能在封印徹底崩毀時，有一搏之力。」

「不管怎麼說，你務必保住阿凱！他是李家唯一命脈。」李松平聲色俱厲地提出要求。

蕭巖連忙躬身允諾：「是！晚輩必當竭盡全力！」

當天晚上，阿凱派遣終日賴在他房裡打電動的鈞皓去醫院探視江雨寒。鈞皓回報任務的時候，他正立在磊磊書壁前翻閱《道藏》。

「小雨醒了嗎？」

「醒了。」一臉無奈的鈞皓故意用死氣沉沉的聲音回答著。

「退燒了嗎？」

「退燒了。」

「身體狀況還好嗎？」

「還好。」

「有沒有按時吃飯吃藥？」

「有……」面對這些瑣碎的問題，鈞皓一雙白眼已經翻到外太空。「我說老大，你既然這麼擔心的話，幹嘛不自己去醫院看小雨？」

阿凱沒理會他，繼續閱覽手上捧著的那冊《道藏》。

過了一會兒，才又遲疑地問道：「承羽……有好好照顧她嗎？」

「她那個組長對她可好得不得了，噓寒問暖、鋪床疊被、端茶倒水，無所不至，只差沒幫她洗澡而已。可是我看小雨非常不自在的樣子，一直很想出院。你真的不去看看她嗎？」

阿凱默然不語，偌大的房間裡只剩他急促翻動書頁的聲響。

「又不講話了。這鬱卒的鳥樣，實在不像你欸，老大。」

鈞皓飄到阿凱身邊，探頭看看他手上那本厚重異常的書籍。「真無聊，有什麼好看的！如果要我從小唸這種書，不如讓我死了算了！」他忍不住搖搖頭。

你早已死過了。阿凱心裡這麼想，不過他心情不好，沒興致黜臭❶。

1 黜臭，台語，吐槽，反駁之意。

第三十章

野村迷途

車子沿著西北大湖湖畔的林蔭小徑朝北方行駛，通過斑駁古老的「柩仔橋」，即進入北村地界。

到了這裡，平坦的地形已不多見，到處是低緩的山丘和嶙峋的巨石，道路在山石間蜿蜒迴繞。村道兩旁盛開著粉白淡紅的花，雖然開得熱鬧烘烘，襯著陰霾不散的天色，看起來卻有些寂寥。

「借問遠方人，吾欲知此白花何名耶？」小島田望向山坡上那陌生的白花，不自覺低語著《古今和歌集》中的歌句。

「山芙蓉。」負責開車的阿凱，看也不看地回答。

山芙蓉是台灣特有的原生植物，別名台灣芙蓉，秋冬之際常見於中低海拔的山區，耐旱、耐貧土的特性讓它在人煙稀少、土壤貧瘠的北村生長得特別繁茂。

「山芙蓉，好美的名字，花也好美。辰凱先生真是見多識廣。」

「是小雨告訴我的，她喜歡那些花花草草。」看著花開依舊的山芙蓉，想起小時候和小雨一起來北村探險的事，阿凱的目光有些迷離。

他一直記得小雨藏身花叢間的樣子，人面如花。

「對了，我昨天晚上去醫院探望小雨小姐，她看起來好多了。」

見阿凱沉默不答腔，小島田逕自轉移了話題：「這個村子，好像沒住什麼人？一路過來，很少看到民宅。」

「北村風水很好，曾經很多人住在這裡，後來人口頓減，漸漸變成葬地，所以這裡又叫做『邙山』。」

隨著阿凱的說明，兩側山坡逐漸出現大量的墳墓，櫛比鱗次，覆蓋數座山頭，看起來白花花一片。

「喔喔！這數量真是驚人！」小島田忍不住驚呼，扶住前額搖頭：「我開始頭暈了。」

「你會怕？」阿凱瞥了他一眼。

「怕是不怕，但這裡氣場很差，讓人不太舒服呢。辰凱先生沒感覺嗎？」

「沒感覺。」

「也是。辰凱先生神威護體，靈力比我強大多了，難怪連神使都跑到你那裡去。」他看著舒服地蜷伏在阿凱腿上睡覺的橘貓，表情哀怨。

「你們奉祀的神明大人神力宏大，如果夾帶著那種力量墮入魔道，可能很不容易對付吧？」小島田試探地問。

他話說得保守，其實心裡想著這實在是非常不妙的一件事。

為了賺取父親的醫療費用，他從事驅邪除魔的工作已有段時間，但從沒想過有朝一日竟要與神明對抗——即使是墮落的神明，終究不是他們這種凡夫俗子所能抗衡的吧！辰凱先生背後的神明大人雖然神威赫赫，不曉得和墮神的妖力比起來高下如何？

「盡人事，聽天命。」阿凱淡淡地說。

車子轉進山坳，遠遠就看到兩台警車停在路邊，紅、藍警示燈閃閃爍爍，顯見正在執行任務。山徑路狹草長，會車不易，阿凱緩下車速，正要從警車旁通過，車上多名員警卻火速下車將他攔了下來。

「阿凱啊！在這裡遇見你真是太好了！」其中一位警察對他揮手大喊。

原來是俊毅和他的幾位警察同事。他們像喪屍一樣圍過來阿凱車旁，個個眼圈發黑，神情疲憊，眼中閃著異常期盼的光芒。

阿凱按下車窗，「怎麼了？」

剛才看到警車在執勤，他就知道村子裡大概又出了什麼狀況，不過師父長期以來教導他莫管閒事，尤其不能干涉業障因果，所以他原打算默默通過，不料還是被俊毅認了出來。

「又有人失蹤了！昨天晚上十一點多，一個外地婦人打電話到局裡來，自稱白天到村子裡辦事，晚上要離開的時候被車上的導航導到北村來，然後就迷路了，在山裡兜圈子繞不出去。」俊毅說。

「又是外地人。」阿凱想起數日前聽承天府的人說過，有個外地人在北村被鬼附身，無法救治，最終死狀淒慘。「你有問她人在哪？」

「有啊，她說她在一座規模非常宏偉的大廟下面，那裡只有她一個人。」

「宏偉的大廟？」阿凱俊眉微皺。「北村宏偉的大墓倒是很多，大廟……沒有吧？」

「所以我們也覺得很奇怪，這裡哪來的大廟呢？正要問仔細，通話就斷掉了，再也聯絡不上。我們只好請村裡的巡守隊一起過來找人，可是搜了一整夜，大家都累翻了，連個鬼影子也沒有，也根本找不到那個婦人說的大廟。」

「或許其實不在北村？附近幾個庄頭的宮廟我都很熟，這一帶真的沒有可以稱為『大廟』的地方。」阿凱說。

「離這裡最近的承天府主委也是這麼說啊！但我們調查過那外地人最後的發話地點，確實是在這附近沒錯，就是找不到人。」俊毅苦著臉說。

「連那個人駕駛的車子也找不到嗎？」阿凱問道。

俊毅搖搖頭。「照理說，那麼大台的汽車目標明顯，一定不難找，可是大夥沿路來來回回搜尋了上百次，沒有就是沒有。我和我同事覺得事有蹊蹺，正商量著要拜託你和宮主幫忙，可巧就看到你的車遠遠開過來，真是謝天謝地！」

山村因地形繁複，路徑迂迴，經常有人迷路，被魔神仔誘拐的事件也層出不窮，每當警方搜救無果的時候，他們都習慣向崇德宮求助。而宮主蕭巖有時肯施予援手，有時則毫不客氣地叫他們滾蛋，全看他的心情決定。

阿凱沉吟片刻，說：「北村汽車可以通行的路就這幾條，如果沿路都沒發現當事人的車子，你們就往溪谷和墓園去找找看吧！我今天到北村處理事情，可以順便幫你們找人。」

「太感謝你了！」俊毅疲憊的臉龐浮現微笑，明顯鬆了一口氣。「有你在這裡，我們就不用聯絡蕭宮主了。我們剛才還在擔心會被宮主嚴厲拒絕呢！」

「小雨！小雨！」

因藥效而沉睡的江雨寒乍然被一陣輕喚驚醒。

那熟悉的聲音令她立刻睜開眼睛，看到麗環前輩站在離她的病床不遠之處。彷彿還是出事之前的模樣，神采奕奕的臉龐依舊帶著似笑非笑的神情。

「前輩！妳醒了？」江雨寒激動地驚坐而起，但隨即發現不對勁的地方——她睡前才去探望過麗環前輩，由於久病臥床的關係，前輩身形早已枯瘦如柴，而眼前影像卻是略帶豐腴，像以前一樣。

「原來是夢……我在做夢……」江雨寒失望至極，淚水奪眶而出。

這已不知是第幾次夢見麗環前輩安然無恙地醒來，但夢終歸是夢而已……

「傻小雨，不要哭了。」麗環微笑地看著她。「這些日子為了我的事，連妳都累倒了，實在辛苦妳了。」

「對不起，前輩，我……」

麗環搖頭說道：「別說對不起，我非常感激妳為了救我這麼努力，謝謝妳，但今後不要再為我費心了。」

「為什麼？」江雨寒驚問道。

「我要走了。」

「前輩妳要去哪裡？」

「我啊，我要外出取材，就像以前一樣。」麗環悠然淺笑。

「不對！不一樣！」江雨寒忍不住大哭起來。「妳這一走就不會回來了！妳不要走！妳再等我一下，我一定……我一定救妳出來！等我！」

麗環聞言，神色黯然。「可是我好累，我不想一直躺在那裡……我好想自由。而且，我不想再拖累妳，妳為我做的，已經夠多了，到此為止好嗎？小雨。」

「不好！我不要！前輩妳要等我！再給我一點時間……」

「繼續留在這裡的話，妳會有危險的……『它們』的目標是妳啊……」

「前輩妳以前也曾經幫過我，我不能因為自己有危險就見死不救，如果今天出事的是我，妳會轉身就走嗎？」

「傻小雨……」麗環嘆了一口氣，形影如輕煙般漸漸散去。

「前輩！等等我！」

江雨寒伸手想拉住她，卻落入一雙溫暖異常的大掌中。

「小雨？做惡夢了嗎？」

耳畔傳來承羽溫和而略帶憂慮的聲音。

江雨寒睜開被熱淚淹沒的雙眼一看，承羽就坐在床邊，雙手小心翼翼地捧著她纏著繃帶的左手，腿上還放著一台筆電。

「組長……」

「沒事了，別怕。」承羽從床頭櫃抽來幾張面紙，替她拭去臉上的淚水。

「組長，麗環前輩怎麼了？」她坐起身，急切地問。

承羽表情陡然一變，顯得驚訝而複雜。

「怎麼了？」江雨寒見狀，不自覺攥緊承羽的手。

承羽擔心牽動她左手掌心的傷口，連忙說：「不要緊張，麗環沒事……至少目前沒事……妳先鬆開手，別傷了自己。」

她依言鬆手，等待他繼續說下去。

承羽略略躊躇片刻，似乎在思考如何措辭。

「深夜的時候，麗環病情急轉直下，經過急救，情況已經穩住，目前暫時在加護病房觀察。妳不要太擔憂，醫生說，過兩天就可以轉回普通病房。」

「真的嗎？」雖然她相信組長不會騙她，但還是非常不放心。

「當然是真的。等麗環轉回普通病房，妳就可以去看她了。」

「可是組長，我剛才夢見麗環前輩來向我道別，她說她要走了……」

「妳過於擔心麗環，日有所思，才會做這種奇怪的夢。麗環知道大家都很努力想救她，她不會就這樣丟下我們的。」承羽溫言安慰，將腿上的筆電隨手擱置在床頭櫃，起身倒了一杯溫水遞給她，「先喝點水。肚子餓不餓？想吃些什麼，我去買。」

江雨寒搖搖頭，喝了一點水，側身將水杯放回置物櫃時，不經意看見承羽的筆電螢幕，不由得愣了一下。

「這不是我被董事長退回的劇本嗎？你在做什麼？」

「沒什麼，我稍微修改一下，再寄回去給董事長，應該就可以過審了，我知道董事長想要的是什麼劇情。」承羽微笑地說。

「但這不是組長的工作，怎麼能讓你做這種事……」

承羽親自幫她修改劇本，讓她十分震驚。據她所知，組長自從升任主管職之後，就只負責管理編劇組，和協調公司高層、片場、編劇組三方溝通，早已不再親自下來寫劇本，頂多是開會時給點意見、審核其他編劇交出來的劇情大綱和劇本內容而已。而且承羽雖然性情溫和文雅，對於工作的態度卻是一板一眼、公正嚴明，從不徇私。

她知道經過組長的修改，劇本過稿機率可說是百分之百，但這不合公司規矩，萬一被別人知道，別說是她，連組長都會遭到懲處。

「沒關係，妳只要安心休息就好，不用為這些事勞神，其他我來處理。」

「組長……」

承羽不由分說地將她按回病床上，輕輕為她蓋好棉被。

阿凱和俊毅等人分頭行動，繼續朝山村深處行駛。

「聽起來像是神隱事件呢。」小島田說。

「可能吧。常有外地人在這裡受到山精林怪誘拐而失蹤。」阿凱神色淡然，一副習以為常的樣子。

「為什麼這裡的妖怪特別喜歡引誘外地人？它們仇視外來者嗎？」同樣身為外地人的小島田不禁好奇。

「不是。只是村民深知此地不祥，生人勿近，往往刻意迴避這個地方，而外地人不明就裡，戒心沒那麼高。」

「這裡墳墓這麼多、氣場這麼亂，的確是滿不祥的，但你剛才不是說北村風水很好，怎麼會生人勿近？」

「葬地風水通常都很好。」

小島田恍然大悟，「原來你說的是陰宅的風水啊！」

「不過，以前北村不是這樣的，我爺爺告訴過我，這裡曾經繁華一時，居民也不少。」

「真是看不出來。」小島田轉向車窗外，舉目唯見無盡的墳山連緜、幽徑蜿蜒。

過了一會兒，阿凱的手機鈴響，他隨手按下車用免持系統的通話鍵。

「阿凱！我剛才照你的話通知巡守隊去溪谷和墓園找人，結果真的一下子就找到了！」

俊毅激動異常的嗓音在車內空間激盪迴繞，震耳欲聾。

「找到人了？」

這麼輕易就找到人，倒是讓阿凱大感意外。他想應該不會這麼順利才對……

「啊，不是……不是找到人，是找到車子了！」興奮過頭的俊毅連忙改口修正。「只有車子而已，聽巡守隊說失蹤的人沒有在車上。」

「車子在哪裡找到的？」阿凱問道。

「在廢棄的北村小學分校旁邊的墓園裡，我們現在正在趕過去的路上，你也快點過去看看，說不定車上有什麼線索。」

「好。」

結束通話之後，阿凱立刻轉往廢棄分校的方向開去。

荒廢已久的小學分校坐落在亂山屏簇間，附近一帶地形相對較為平坦，從周遭殘餘的建築物看得出來，在很久以前是個規模不小的聚落，但如今只剩一些零星焦黑的斷垣殘壁，伴隨衰草叢生。

荒校傾頹的圍牆邊有一條小路，通往俊毅所說的墓園，汽車勉強可以開得進去，但為了不影響搜救行動，阿凱把車子停在校門外的廣場，和小島田步行而入。

古墓園裡，一台莽撞的小客車在泥濘的墓土上烙下深刻而凌亂的輪胎痕，沿路還撞碎不少歲月悠久的墓碑和燒金爐，最後卡在掘開撿骨的壙穴裡。

「這人是怎麼開車的啊？把車開到這種地方來，該說她技術好還是不好？」小島田見狀忍不住搖頭。

阿凱遠遠看著被警察和巡守隊包圍的小客車，露出若有所思的神情。「恐怕當時情況已不是車主能控制。」

俊毅發現阿凱到場，連忙跑了過來。

「這真是太奇怪了，車主的隨身包包、手機、外套甚至高跟鞋都還在車上，人卻不見了！在這種都是碎石和雜草的地方光著腳丫子走是能走多遠？你說那個婦人跑去哪裡了呢？」俊毅眉頭皺到幾乎要打結。

「你想知道？」阿凱突然輕聲說。

俊毅神情一凜。「你發現什麼了？快點告訴我！」

「她被鬼抓走了。」

阿凱的聲音微細，幾不可聞，大概是不想讓附近的人聽到。

俊毅臉色大變，莫名有種荒謬之感，好像在聽鬼故事，但他也深知阿凱從不信口開河。

「怎麼會……你怎麼知道的？」他壓低了聲音問。

「昨晚下了一場雨，到現在地面還沒乾，輪胎印下的痕跡那麼深，但是你仔細看，車子旁邊有婦人的腳印嗎？」

俊毅立即跑回車子旁邊細看，濕潤的泥地上眾多鞋痕紛沓，但看得出來都是搜救隊員及他的同事趕到時踩出來的，像車上那雙高跟鞋大小的鞋印或腳印，確實一個也沒有。

「怎麼辦？被鬼抓走了……我們去哪裡找人？」他垂頭喪氣地說。「阿凱，這次真的要仰賴你了！拜託一定要幫我們找到人！如果能把人救回來是最好，如果不能，至少……死要見屍。」

「我盡力吧，也不知道來不來得及……你們也在這附近盡量搜索，我一個人力量有限。」阿凱說。

俊毅連忙點頭，「我知道了。」

「你不去當偵探，真是可惜了。」俊毅走遠之後，小島田語帶佩服地說。

阿凱沒有搭腔，聚精會神地環視四周群山。

他肩膀上的貓突然跳了下來，身形敏捷地竄進車門大敞的小客車裡，嗅了嗅駕駛座上那件車主遺留的外套。

「神使？」小島田困惑地看著那隻橘色小貓。

橘貓從車裡躍出，朝北方某座山峰的方向走了幾步，回頭凝視阿凱和小島田。

「喵～」粗壯的尾巴對著他們勾了勾，像在招手一樣。

有著美麗花紋的橘貓朝向北方一座高聳的山峰快速奔躍，身形如花豹敏捷。

「神使引路！辰凱先生，我們快跟上！」

阿凱點點頭，立刻跟在橘貓後方，飛快穿越重重墳塋，抵達山腳下。

盛開的藍色紫陽花叢間，掩映著一條蒼苔滿布的石階，往山坡上延伸。貓咪神使就坐在第一層石階上，圓圓的眼睛直望著他們，沒有其他動作。

小島田抬頭向上看，這條陡峭的石階彷彿直通雲霄，看不到盡頭。兩旁高大而茂密的樅木在石階上落下陰影，濃蔭蔽日，更加顯得陰氣森森。

「辰凱先生，這樓梯通往哪裡啊？」

「不知道，我沒來過這個地方。」阿凱打量著眼前的石階，不禁提高警覺。「四周有股不尋常的氣息，小心戒備。」

「我倒覺得這股氣息有點熟悉，可是說不上來……」小島田偏著頭沉思。「到底是為什麼呢？」

「我們上去看看再說。」阿凱說著，就要踏上階梯。

「等等！」小島田突然伸手攔住他，擔憂地說：「現在已經是下午兩點多了，陽氣衰弱，陰氣漸盛，我們再不離開的話，會不會有危險？」

他不是膽小的人，不過以往驅邪除魔的經驗，讓他深知天時地利的重要。如今身處異域，對他們來說已不占地利，要是更在不對的時辰硬闖，大概討不到任何便宜。

「放心吧！你既然跟著我來到這裡，我必定保你安全無虞。」阿凱沉著地說。

小島田聞言，大大鬆了一口氣。「真是太感謝你了！那就有勞辰凱先生多多關照……不對！立場反了，應該是我要保護你的安全才對……」

「你保護我？」阿凱狐疑地盯視小島田。他和對方非親非故，相識不久，也談不上有多深厚的情誼，何須如此？他直覺聯想起昨天小島田提到的事。「這就是小雨的委託？」

「慘了，不小心說溜嘴……」小島田尷尬地抓抓頭。

話已說到這裡，再刻意掩飾反而會啟人疑竇，於是他乾脆全盤托出：「其實也不算正式委託，只是小雨小姐曾經拜託我，如果她和辰凱先生同時遭遇危險的話，請我務必優先保住辰凱先生，不要顧慮她。」小島田停頓了一下，才又繼續說：「我看得出來，小雨小姐是真的很擔心你，我覺得很感動，所以才……」

「……真是傻瓜。」

「你說誰是傻瓜？小雨小姐？」

「兩個都是。」

「你……」被阿凱說成傻瓜的小島田愣了一下，覺得心有不甘，不怒反笑道：「坦白說，你覺得小雨小姐怎麼樣呢？」

「什麼怎麼樣？」

「我覺得她好像暗戀你呢！」

「……胡說！」

小島田饒富興味地看著他，臉上露出戲謔的表情。「就當我胡說好了，可是你為什麼要臉紅？」他發現逗弄辰凱先生實在非常好玩，雖然對方是擁有強大神力的人。

「……我收回我剛才的話。」阿凱逕自轉身踏上石階。「等一下若遇到狀況，我們各安天命，生死自行負責！」

小島田頓時神色慘然，「不要！拜託！千萬不要放生我啊！辰凱先生！」

第三十一章　荒魂之殤

彷彿無限延伸的石階，在峰頂處終於出現了盡頭。

階梯的終點矗立著一座巨大的黑色原木鳥居，一個白色的人形垂掛其下，看起來像是大型的掃晴娘一樣。

阿凱暗呼不妙，連忙快步上前查看。

只見一個渾身赤裸的婦人頸部緊緊纏繞著注連繩，注連繩的另一端則繫在鳥居最上方的橫梁「笠木」。氣絕多時的遺體高高懸吊著，伴隨凜凜山風，在鳥居的兩根木柱之間擺擺盪盪。亡者的眼球和舌頭、指甲碎片掉在石階上，被鮮血染紅的十指仍持續滴血，落地有聲，宛如泣訴著生前遭受的凌虐。

「這也太慘了。」小島田忍不住倒抽一口氣。

「……不能原諒。」阿凱緊握拳頭，十指關節喀然作響。他不能容忍這樣踐踏生靈的暴行，不論是邪魔還是墮神，他發誓定要讓對方付出代價！

「不過，這個地方為什麼會有規模這麼宏偉的神社？」小島田看向鳥居後方廣闊的神境，面露困惑。

寬大筆直的參道，齊全完備的手水舍、拜殿、幣殿、本殿、神樂殿、社務所，三面環繞鎮守之森，很明顯是一座正規的神社，而且格局不小。在異國荒山裡竟有這等神社，令他大感詫異。

「我爺爺說過，日治時期的統治者為了加強推行同化政策，曾經廣設神社，這大概是當時遺留下來的吧？只是已經過了這麼久了，還保持這麼完整，讓人意外。」阿凱沉吟著，隱隱感到不尋常。

小島田也察覺不對勁，額頭微微沁出冷汗，「這個外地人慘死在這裡，死狀和蘭桃坑那三個女孩子差不多，難道社公大人所說的『墮神』，就是……」

一語未了，境內悠然傳來一陣橫笛之聲，曲調幽咽淒清。

阿凱冷冷一笑，「笛聲迎客，真是風雅。」

他轉身踏入神境，石階上的橘貓跳到他的肩膀，端坐其上。

小島田猶豫了一下，連忙跟上阿凱的腳步。

穿過鳥居之後，原本陰晦的天色瞬間變得更暗，有如深夜。鯫黑的天空不見日月星辰，唯一的光線來源是佇立在參道兩旁的古舊石燈籠。

阿凱和小島田隨著笛聲來到拜殿前方，只見一人姿態瀟灑地坐在殿前迴廊，正專心致意垂目吹奏手中橫笛。

那人頭戴薄絹製成的烏帽子，身穿面白裡紅外袍，下面拖著紫青色有如孔雀般的長長裳裾，腰間佩掛一把太刀，及一把刀身較短的脇差，精緻的刀鞘彩繪鷹羽花紋，十分華麗。

等到阿凱和小島田走近之後，祂停止吹奏，抬眼相視。雖然有著一雙猩紅而癲狂的眼眸，但外貌卻是個絕世美男子。

「啊啊！身為一個墮神，把自己幻化得這麼帥，實在是太犯規了……不對，這不是墮神！這……這難道是傳說中的『荒魂』嗎？但是……為什麼……為什麼……」小島田驚訝不已地說。

那人注視著小島田，眼中似乎閃過一絲訝異，但瞬間紅潮泛起，血色凶光流淌的雙眼透露濃濃殺意。

「別看祂眼睛！」

阿凱出聲提醒小島田，但為時已晚。

小島田以極不自然的姿勢舉起蜷曲的雙手，十指朝自己的眼眶摳挖。我控制不了自己！他驚覺喉嚨發不出聲音，只能在心裡吶喊著。整個身體彷彿都已不屬於自己所有，但從雙眼傳來的劇烈痛楚卻是那樣清晰深刻。

「嘖！」阿凱從口袋掏出苧麻編成的法索，火速施咒後，以電掣龍蛇之勢朝對方鞭去。那人身形飄忽，向左微一瞬移，輕輕閃過阿凱的攻勢，但同時也喪失了對小島田的精神控制。

「到我後面來！」阿凱大喊。

差點雙眼不保的小島田不敢耽擱，連忙跑到阿凱背後。

目光癲狂的神明轉為凝視阿凱，淺粉色的薄唇微微上揚，忽爾嫣然一笑，雖是男兒之身，音容神態卻豔媚入骨。

又想玩什麼把戲？阿凱莫名感到一陣惡寒，心頭火起，手持法索箭步上前搶攻。

對方倏地抽出腰間太刀揮向阿凱，他雖及時側身閃避，詎料出鞘後的太刀實際長度竟遠遠超過目測所見，阿凱一時不察，右臂被利芒劃傷，血花噴濺。

「辰凱先生！要不要緊啊？」小島田緊張得大叫。

「小事啦！」阿凱不耐煩地說。

「墮神」臉上仍帶著優雅豔美的笑意，纖纖素手揮舞太刀的氣勢卻是凌厲異常，朝著阿凱連攻不輟。

阿凱將法索纏在左手掌，一邊閃躲，一邊凝神觀察對方破綻，伺機而動。

跳到地上的橘貓突然化出巨大的猛虎法身，對著「墮神」咆哮，吼聲驚天動地。

「墮神」不禁側目看了神使一眼。

趁祂分神的瞬間，阿凱驀然衝上前，纏繞法索的左手緊握那把長度詭譎莫測的太刀，右掌使勁攫住對方的側臉，狠狠將之按倒在地。

「你玩夠了沒有？」阿凱冷冷地說，右手持續施加的強大勁道絲毫不放鬆。「人類可不是你的玩具！」

「墮神」俊美無儔的臉龐被壓制在粗礪的磚地上，露出痛苦的神色。

「辰……辰凱先生，這……這好歹也是個神明大人，你……你這樣把祂按在地上摩擦……」小島田微感不安地說。

他聽說過，神道信仰中的神明大人具有四個精神面向，也就是所謂的「四魂」；而眼前這位尊神正處於狂暴的「荒魂」狀態。雖然不知道為什麼會變成這樣，但他確定對方不折不扣是位神明大人無疑。

「從他傷害生靈的那一刻起，就沒有資格被稱為神！」阿凱忿然說道，口中念誦降神咒，祈求帝君賜力，右手藍紫電流隱隱閃爍，勁道大增。

就在他要痛下殺手時，背後忽然傳來一個熟悉的聲音。

「辰凱！」

阿凱愣了一下，愕然回頭，「小雨？」

手勁微鬆的剎那，被他壓制在地的「墮神」頓時消失無蹤。

江雨寒跑了過來，整個人撲進阿凱懷中。

「辰凱，你怎麼跑來這麼恐怖的地方？我好擔心你！」她緊緊抱住阿凱，關愛之情溢於言表。「你的手怎麼受傷了，痛不痛？」

「不痛，我沒事。」

「那就好……」江雨寒右手緊抱阿凱，左手持脇差悄無聲息地刺向阿凱胸前。

不料阿凱掌中乍現的七星靈劍比她更快一步插進她的心臟。

「……為什麼？」江雨寒唇角漸漸滲出鮮血，神情驚愕。

「我說過，人類不是你的玩具。」阿凱冷冷地說。

「……我露出什麼破綻嗎？」

「你竊取我的記憶，知道我對小雨叫我『辰凱』的事印象深刻，但你不知道的是，小雨只有在動怒的時候，才會叫我『辰凱』，平常她總是叫我阿凱……」

「……就只因為這樣？」

「小雨身上的氣息我很熟悉，即使你幻化得再相似，終究不是她。」阿凱說著，緩緩抽出貫穿對方的七星劍。

劍身離體那一刻，大量鮮血自「江雨寒」胸前噴薄而出，揮灑在濃墨夜色中，有如緋紅的櫻花。

「江雨寒」變回「墮神」模樣，薄唇微勾，兩行殷紅血淚倏然滑落臉頰。

「我太小看你了……也好，我總算……解脫了……哈！」

祂淒絕一笑，倒地化為一把古舊的脇差。

眼前巍峨的神社建築霎時煙消雲散，兩人一貓兀然佇立在寒風蕭瑟的荒山之巔。

闃暗的客廳裡，一把擱置在專用刀架上的古舊脇差，斷斷續續散發冰藍幽光。

自北村回來之後，小島田耗費三天的時間對這把脇差誦經施咒，又在刀鞘貼上數張寫滿願文的符紙，試圖祛除附著其中的怨力，然而刀身依舊邪氣繚繞。

淨化失敗，為了避免變生不測，只好暫時放在阿凱這邊，由他負責保管。

阿凱站在刀架前，伸手接近脇差，只見冷光稍斂，但當他將手移開，冰藍微光又持續閃爍，似乎在訴說著心有不甘的深沉怨念。

「這把刀……真讓人不舒服……」鈞皓遠遠地飄浮在二樓小客廳入口處，露出厭惡和恐懼交雜的神情。「這到底是什麼東西？」

「荒魂的御神體。」阿凱仍舊注視著短刀，簡短地說。

「你在說什麼？」鈞皓滿頭霧水。阿凱說的六個字他都聽得懂，但合起來就理解不能。

「御神體，神靈寄宿憑依之物。」

「神靈？你的意思是說，附在這把短刀上的靈體，竟然是神嗎？」鈞皓皺了皺眉頭，似信非信。「怎麼感覺邪裡邪氣的，陰氣簡直比我還重，有沒有搞錯啊？可別錯把邪靈當成神明來拜。」

「據小島田的說法，在日本的神道信仰中，神明具有四個精神面向，稱為四魂。正常形態是『和魂』；『荒魂』則多在戰亂或嚴重天災時才會出現，而寄宿在這把短刀中的神明正處於狂暴的荒魂狀態……」

鈞皓興趣缺缺地打了個哈欠，作勢掏掏耳朵，「聽不懂。反正別讓這鬼東西靠近我就好，離這麼遠我都覺得不舒服。我還是去你房間打電動好了。」轉身正要飄離，像想起什麼似的，驀然停了下來。「對了，你知道小雨出院了嗎？」

「不知道。」

「小雨住院好幾天，你都沒去看過她，也沒跟她聯絡，這樣真的沒關係嗎？」

阿凱默然不應，靜靜望著架上的短刀。

「這幾天我去醫院探病，經常看到她拿著手機發呆，臉上的表情很寂寞，我猜她在等你的電話吧，好可憐的樣子。」鈞皓頓了頓，看著對方沉默的背影，忍不住繼續說：「實在搞不懂你在想什麼欸，你明明就……」

「小雨的爺爺當年以血咒困住防空壕惡靈，一旦法陣毀壞，身為江氏血脈的小雨一定首當其衝，所以她必須離開村子。」

鈞皓不以為然地說：「那又怎麼樣？就算她離開村子了，你還是可以跟她聯絡啊！你幹嘛故意不理她？你這樣做，不是把小雨往她那個組長身邊推嗎？我跟你說，人家可殷勤得很……」

「……日後我若有不測，希望有人能代替我照顧小雨。相信承羽一定……」

鈞皓連忙打斷他的話：「我呸呸呸呸！胡說什麼啊！連那個叫做什麼荒魂和魂的神都被你捏在手裡，你會有什麼不測？」

阿凱凝視隱隱泛著幽光的脇差，眉宇微蹙。「祂並未盡全力——或者應該說，祂根本沒有發揮真正的神力……」

他仔細回想對戰當時的經過，總覺得自己是被利用了，對方不過想藉由他的手求個解脫罷了；若是認真一戰，恐怕勝敗未定……

正想著，樓下突然傳來好久不曾響起的門鈴聲——

他家大門一向不扃不鎖，來訪的人都是當自家似的大剌剌直接衝進來，誰會按電鈴？

阿凱下樓一看，門外的人竟是江雨寒。

只見她衣裳單薄、揹著背包兀立夜色中，清冷月光下，一張蒼白如玉的容顏帶著憂愁的神色。

「阿凱！」看到阿凱走出來之後，她才勉強露出一絲笑意。

「妳……」阿凱愣了一下。「妳怎麼會突然跑來？」他直覺望了望紅霧瀰漫的停車場方向，空空如也，顯見不是自行開車。「承羽送妳來的？」

江雨寒搖搖頭，「不是，我走路來的。」

「走……走路？」阿凱懷疑自己是否聽錯了。

小雨姑媽的別墅在村子的東北方深山，而他家在西南，兩地之間河谷縱橫交錯，相隔甚遠，即使開車也要好一段時間。

「我本來叫計程車，可是計程車司機說他一直找不到我姑媽別墅的位置，所以我只好自己走路來你家了。」

「傻瓜！這很遠……」阿凱一臉難以置信。

「真的很遠，我下午開始走，走到你家，都已經晚上了。」江雨寒看看手錶，時間是晚上八點多。

「怎麼不叫我去接妳？」想到她為了來找自己，竟一個人走了這麼遠的路，阿凱頓覺心疼不已。

「你會來嗎？我住院期間，你也都沒來看我……」她皺著眉頭說。

「我……這……」

正思索著要如何回答的時候，江雨寒已急切地接著問：「你的傷口還痛不痛？傷勢好多了嗎？」

「傷口？」阿凱不明所以。

「小島田先生告訴我，你前幾天在北村受了重傷，差點性命不保。」她神情凝重，面露憂色。「你應該早點跟我說的，我雖然無法為你分擔，至少可以過來照顧你……」

他終於明白為什麼小雨會突然跑來找他，小島田這混球……

江雨寒擔憂地湊近他，「受傷的地方在哪裡？讓我看看好嗎？」

「……我沒事。」

他雖然被墮神那把詭譎莫測的長刀砍傷右臂，但因帝君神力護體，所以沒有大礙，過幾天也就痊癒了。

「怎麼可能，小島田先生明明說你傷勢很嚴重！」

……在北山神社時真應該放生他的。阿凱深感懊悔。

「真的沒事。如果像他說的那麼嚴重，我還能好端端地站在這裡和妳說話嗎？」

「真的嗎？」

江雨寒認真檢視的目光在阿凱身上梭巡，再三確認他身體無恙之後，忽然伸出雙手緊抱住他。「還好你沒事，我好擔心你。」她的臉輕靠他胸前，諦聽著沉穩的心跳聲，這才如釋重負。

似曾相識的情境，令阿凱腦海閃過北山神社的墮神幻象，但他十分篤定此刻依偎在懷中的，確實是他再熟悉不過且令他朝思暮想的人。

要是可以的話，他真想用力抱著她、再也不放開，可惜……

阿凱握緊拳頭，竭力克制想擁她入懷的衝動，並將她輕輕推開。

「走了這麼遠的路，妳一定還沒吃晚餐吧？我帶妳去山上吃飯。」他說著，脫下自己的外套，披在江雨寒身上。

「好，那我先跟伯父伯母打聲招呼。」

「他們出國了，年後才會回來。」

阿凱開車帶著江雨寒來到東南山區的一家知名景觀餐廳，大概是因為已過正餐時間、天氣又寒冷的緣故，客人並不多。

他們挑了視野最好的座位，可以居高臨下，眺望一馬平川的萬家燈火。

阿凱為她點了滿滿一桌別具風味的山產佳餚，江雨寒根本吃不下這麼多，但為了不掃他的興，她還是很努力地進食加餐。

早已吃過飯的阿凱只喝咖啡，望著山下那片遼闊的平原出神。

「這片平原的盡頭、那黑漆漆的地方，是海嗎？」他突然問道。

江雨寒抬頭，順著他的目光看過去。「這個方向，是大海沒錯。阿凱……從來沒有去過海邊，對不對？」她心裡頓時感到難過。

因為阿凱代她承接天命，成為神明乩身，而自小不能遠離村子。

她放下手中的筷子，神情極為認真地說：「阿凱，等防空洞的事情處理完之後，我們向帝君求情，讓我來承接屬於我的天命吧！」

「為什麼？」阿凱驚訝地看著她。

「這樣阿凱就可以自由了，不用再受神誓的束縛，想去哪裡，就去哪裡。」

「沒必要，我無所謂。」阿凱淡淡地說。

「可是我想陪你去很多地方。我們可以去東北角看海，去南投看牡丹花，去陽明山採海芋，去阿里山看日出，去泡溫泉，去動物園……好多好多有趣的景點，等疫情過了，甚至可以出國。跟阿凱一起旅行，一定是很開心的事！」她眼裡閃著憧憬的光采，眉飛色舞。

「如果我可以離開村子，妳真的願意一直陪著我嗎？」他這輩子可能沒有機會離開村子了，但他很想知道這個問題的答案。

「當然，如果你不嫌我煩，你去哪裡，我就跟你去哪裡。」她真誠地說。

「萬一……我死了呢？」

「我陪你一起死。」她毫不猶豫地說，就像小時候陪他罰跪一樣，臉上帶著從容恬靜的微笑，語氣平淡自然。「我們一起出生、一起長大，怎麼可能讓你丟下我！」

「……傻瓜，妳不能死！」阿凱聞言，深受感動，然而心中湧現更多的情緒是恐懼。

自從覺悟到己身背負的職責之後，死生他看得很開——反正他的命是帝君所賜，隨時都可以為了奉行天道而犧牲，但他不能讓小雨受到絲毫傷害。

他豁盡一切，只求她平安無虞。

「那阿凱也不能死啊！好了！不要再講這種不吉利的話，阿凱不會死，我也不會死，我們都要好好地活著。」江雨寒露出一派樂天的笑容，低頭繼續用餐。

吃完這頓大餐，時間已經很晚了。

因為不想勞煩阿凱深夜大老遠開車送她回別墅，所以今夜暫時借宿李家。在二樓客房浴室洗過澡後，她套上向阿凱借來的帽T，長度直蓋到膝蓋，只露出一雙白皙纖瘦的小腿，當睡衣倒是十分合適。

她走出房間，原本想找阿凱聊天，卻見他的房門緊閉，不禁有些意外——

印象中，阿凱的房門總是隨時大敞、從不關閉的，為什麼……

她站在門前躊躇了一下，打消敲門的主意。

阿凱大概睡著了吧？畢竟夜已深沉，還是不要吵他好了。她這樣想著，正想走回自己的房間，一轉身就看到鈞皓站在跟前。

「唷！這不是有車不開，偏要自己走好幾個小時的阿呆嗎？」他揶揄道。

「車子又不是我的，是組長的啊。」面對調侃，江雨寒苦笑了一下，壓低聲音說。

「跟他借一下不就好了，他對妳那麼好，總不可能不借妳吧。靠妳那兩隻鳥仔腳走這麼遠，真的是傻瓜欸！」

「我不想再欠組長人情。』她似乎不願多談關於承羽的事，很快地轉移了話題：「你現在是把這裡當自己家了？我聽阿凱說，你幾乎每天都待在這。」

「老大房間裡有好多好好玩的電動遊戲，我玩到都不想投胎了。」

「你……你還可以玩電動喔？」鬼魂打電玩……她莫名有種荒唐之感。

「當然，有時候我還會代替老大出團打副本欸！我技術可好了！」鈞皓面露得意。

「喔……我問你喔，阿凱睡了嗎？」

「我不知道。」

「你不是一直待在阿凱房間，怎麼會不知道？」

「他老大今天心情特不好，我才不敢去惹他。」鈞皓小聲地說。

「心情不好？為什麼啊？」她感到有些訝異。晚上阿凱才帶她出去吃飯，她倒是看不出來他心情不好。

「呃……這個……我不能說。」

「為什麼？」鈞皓吞吞吐吐、諱莫如深的樣子，讓她更加疑惑——

不是「不知道」，而是「不能說」，實在很奇怪。難道是阿凱遇到什麼麻煩，不想讓她知曉嗎？

「……不能說就是不能說，我還有事，先走一步了！」鈞皓說著，立即穿牆而去。

「喂！你還能有什麼事啊？」江雨寒對他的遁逃之舉感到不滿，但也只能眼睜睜地看著他逃之夭夭、消失無蹤。

此時，從前方小客廳散發出來的幽微冷光在走廊上忽明忽滅，吸引江雨寒的注意。她略微猶豫了一下，走向小客廳，驚詫地看著那把古樸風雅、散發幽藍冷光的短刀。

小島田說過，他們從北山撿回一把神明附體的脇差，相當古怪邪門，想必就是這個了？江雨寒好奇地走近察看，脇差登時熾光大作，刀身劇烈震動，刃鞘相觸，鏗鏘有聲。彷彿受到無形引力的召喚，她逕直伸出右手，握住刀鞘。

在碰觸脇差的剎那，一股血氣自胸臆翻騰上湧。她連忙用左手摀住嘴巴，唯見大量鮮血自指縫間汩汩狂流，雙眼也不受控制地滲出血淚，瞬間染紅向阿凱借來的帽T。

「小雨！」聞聲趕來的阿凱看到眼前這一幕，驚痛交加，立即衝到她身邊。

「……凱……」江雨寒本想對緊抱著自己的阿凱說些什麼，驀地眼前紅黑一片，失去了意識。

她做了一個夢。

夢裡的她，站在一所似曾相識的木造小學堂外面，看著幾個八、九歲的孩童在校門邊的花叢玩耍。

其中一個採擷了大把白色山芙蓉花的女童格外吸引她的目光。

不知道為什麼，她總覺得那名穿著一身襤褸破衣、瀏海齊眉的小女孩看起來非常眼熟。是曾在哪裡見過她？這裡又是什麼地方？這些孩子是什麼人呢？

正感到困惑，耳邊聽到那些孩子聊天的聲響——

「小霞，妳又要去神社拜神啊？」另一名女童問道。

「對啊！妳看我今天摘的花很漂亮吧！」那名女童得意地展示捧在懷中的山芙蓉花。

「我們也要一起去！」其他孩童見狀，紛紛跟著採摘起其他種類的花草。

「我媽媽說，雖然我們沒有食物可以用來拜拜，但是只要誠心祈禱，神社裡的神明就會保佑我們平安長大……」

「我阿嬤也是這麼說的。」

大家七嘴八舌地閒聊之時，天色突然暗了下來，四周同時響起巨大的噪音，震耳欲聾。

「不好了！飛龍機又來了！」孩子們驚恐地大叫著。

江雨寒抬頭一看，果見十數架樣式古老的飛機掠過天際，遮雲蔽日，為這個小小的山間聚落帶來大片陰影。

不知道從哪裡衝出一群大人，扯住自家的小孩，神色慌亂地四處竄逃。

「轟炸機來了！轟炸機來了！大家快疏開！」

受到眾人恐慌驚懼的情緒感染，江雨寒正想尋找掩體躲避，周圍場景轉瞬驟變，眨眼間她已置身在一個破舊狹小的木造建築物之內，身邊擠滿了抱頭縮肩、顫抖不已的人們。

她茫然四顧，這個建築物雖然殘破寒磣，不過從內部結構和一些簡略的陳設看來，似乎是神社裡的拜殿之類的。

「阿德他們每次都躲在防空壕，我們為什麼不能躲防空壕？」

人聲嘈雜中，角落傳來一個清亮的嗓音引起她的注意，轉頭一看，正是那個採摘山芙蓉、名叫小霞的女孩。

「傻孩子，村裡的大戶人家才有錢請得起工人挖防空壕，我們連飯都沒得吃了，哪有那種閒錢！」

緊緊摟著小霞的婦人同樣衣不蔽體，看起來年紀不大，姣好的容顏唯見塵霜滿面、神情淒苦。

「媽媽，我們還要躲多久？我肚子好餓喔！從早上到現在都沒有吃東西，阿德說他們躲空襲時都有飯糰鹹菜可以吃，我們為什麼都沒有？而且我口好渴……」

「等空襲結束，回家媽媽煮蕃薯籤給妳吃。」

「我不要吃蕃薯籤。每天都吃蕃薯籤，那個又乾又粗又硬，好難吃。」小霞皺著小小的眉頭，稚氣的眼眸露出可憐神情，「我想吃飯，可以嗎？」

「好好好，等飛龍機走了，我去大戶人家借點米，煮稀飯給妳吃……」

一語未完，轟炸機低空飛行的聲響逼近，連續數顆炮彈炸了下來，登時火光四起，碎瓦殘肢四處飛散。

一隻小小的手被血水沖到江雨寒腳下，手中還緊握著一朵被鮮血染紅的山芙蓉花。

她愣愣地低頭看著那隻小手，呆若木雞。

轟炸機的炮彈沒有炸傷她的身體，但好像把她的腦袋炸懵了，她腦中一片空白，耳朵也什麼都聽不到。

屍橫遍野、血流成河……鼻息間充滿血腥及焦肉的氣味，這裡是地獄嗎？

或者，只是一個惡夢吧？

帶來毀滅的轟炸機、被炸死的村民、屍骨不全的小女孩……都只是一場夢、都不是殘酷的事實，對吧！

不知過了多久，一陣撕心裂肺的哀泣之聲將她自怔忡狀態驚醒。

定睛一看，一個頭戴烏帽、身穿和服外袍的男子伏在那些殘缺不全的屍骸上痛哭，身後拖曳的華麗裳裾漂浮在血泊中。

那簡直不像人類發出的哭號聲讓她非常難過，不自覺跟著流下眼淚。

她走近男子，試圖說些什麼來安慰對方。

剎那之間，那人頭也不回地揮出懷中的長刀，江雨寒雖及時後退閃避，詭譎凌厲的劍氣仍然無情地劃破她的左臉，鮮血直流。

第三十二章 丁亥之秋

「祢……」

左頰受創，血流不止的江雨寒拉長袖子捂住傷口，正想質問對方為何傷人，被炮彈炸毀的神社火舌四起，伏屍痛哭的男子霎時失去蹤影。

她錯愕地眨了眨眼，四周景物隨之而變，轉瞬間她已置身在一片蕭瑟的曠野上，舉目唯見天際昏暗、草木枯黃。

遠方隱蔽在暮靄間的朦朧山形，依稀有些印象，但想不起來這裡是什麼地方。她摸摸自己的臉頰，發覺那道刀傷不知何時已經癒合，留下一條長長的、粗礪的疤痕。

這是在做夢嗎？如果不是夢的話，她來這裡做什麼？又該往哪裡去呢？

極目四望，忽見前方有一個似曾相識的身影，在荒煙蔓草間踽踽而行。一襲面白裡紅的袍服已血汙盡染，但從他奇特的裝扮外型，她一眼就認出那正是揮刀傷她的「人」——或者該說是——來自異族的「神明大人」吧？

小島田告訴她，他和阿凱在北山遇到一位神祇，似乎原本應該是被村民奉祀在神社裡的神明大人，可不知何故竟陷入癲狂，呈現狂暴殘虐的「荒魂」狀態；祂具有洞悉人心和控制心靈的恐怖神力，還重創了阿凱。

雖然傷害阿凱不可饒恕，但據之前她親眼所見的殘像看來，莫非是因大量人民死於戰火的刺激和打擊，讓祂喪失神識而導致瘋狂嗎？

如果是這樣的話，這位神明也是很可憐啊……

戰火無情，連神都無能為力。

看著那踉蹌伶仃的孤影，江雨寒心中頓生憐憫，不禁舉步跟上。

對方察覺到她的存在，但不予理會，兀自前行。經過許久，大概是對她的長時間尾隨感到不耐煩吧，終於停下腳步。

「凡靈侵吾神識，意欲何為？」祂頭也不回地問，嗓音清冷，如玉器相觸之聲。

「……祢在跟我說話嗎？祢是說我侵入祢的神識？我不太明白祢的意思，不過，應該是祢讓我困在這裡的吧？」

「何って言ったの？」

「呃……」這一句她更聽不懂了，不過她還是努力嘗試和對方溝通：「我觸碰到那把短刀之後，就受困在這個地方，難道不是祢……祢的關係嗎？」

祂沉默片刻，沒有答話，繼續往前走。

「喂……」

江雨寒正要追上，忽見對方腰際寒光一閃，鋒利異常的長刃驀然破空而來，削破她的帽T，在白皙的大腿上劃出一道傷口，深可見骨。

她痛得慘叫，連忙低頭壓住血如泉湧的傷口；等她再度抬起頭，對方的身影早已走遠。

置身這個虛幻真實難辨的空間，不知已過了多久。

晃晃悠悠、昏昏昧昧的她，像是在做一個醒不來的夢，感覺不到時間的流逝，雖然一直不飲不食，亦無所苦，只是心裡非常焦慮——再不設法回去，阿凱一定會很擔心，她要怎麼從這裡脫身呢？

唯一有辦法讓她離開幻境的，大概就是那個一言不合就揮刀砍人的墮神了。祂會幫助她嗎？可祂看起來已經神智瘋狂，無法溝通了……

明知希望渺茫，她依舊窮追不捨地跟在祂身後。

有一次，祂在一棵大樹下坐了下來，一長一短的武士刀斜倚樹幹豎立著。樹上開滿了比葉子還繁盛的黃花，其形如蝶，秋風過處，便翩然紛舞，然後委地凋零。

江雨寒遙遙站在遠處看著祂，生恐對方又突然揮刀相向。

這是她首度正面看到這位瘋狂的神祇——

儘管一身血汙、蓬頭垢面，仍難掩妍麗面容，眉似遠山翠、目若橫波水，嫣紅如繪的眼眸和嘴唇，讓祂更顯得妖豔無雙。

應該是個男生，卻長得這麼漂亮……跟眼前所見的驚人美貌比起來，她覺得自己像是對方腳邊的土塊一般。

江雨寒輕撫著左頰上的巨大傷疤，不禁頓生自慚形穢之感。

「何をしたいですか？」原先垂目注視那兩把佩刀的墮神，忽然抬頭望向她。

她不懂祂的語言，但聽起來語氣平和，似乎沒有惡意，於是對祂提出請求：「祢能讓我回去嗎？」

「帰る？」墮神意味不明地搖搖頭，移開視線遙望遠方。

接下來便是長久的靜默。

江雨寒凝視祂那泛紅如潮、看似淌著血淚的眼眶，感受到一股沉重的哀傷，強烈得彷彿要把心臟撕裂一般。

「失去了長年守護的人們，祢很傷心……而且寂寞吧？」雖然理智一再告誡她不要多話，以免惹禍上身，她仍然忍不住悲憫地說。

墮神猛然轉頭瞪視她，通紅的雙眼閃過一絲猝不及防的狼狽。

「是誰……給妳的能力？」祂血汙的臉龐顯得猙獰，疾厲眸光暴露狂囂殺意。

江雨寒嚇了一跳，本能後退，將身子縮到附近一顆山石旁邊，害怕對方會不由分說地操刀砍來。

「什麼能力？我不知道，只是感覺祢很難過，而且自責甚深。」她右手壓在胸前，試圖抑制正劇烈顫動的心跳，大著膽子繼續說。「那些無辜慘死的村民很可憐，但戰火無情，不是祢的錯。」

墮神愣了一下，眼中血色似稍稍褪去，臉上的表情也柔和了一些。

然而這樣的轉變只維持一瞬，祂驟然抽刀朝江雨寒站立的方向劈砍，她還來不及做出反應，身邊巨石已轟然而碎，煙塵四逸。

祂拄著長刀緩緩起身，「該死的人類……勿再跟來，否則，只有死！」祂冷然說道。嚇呆了的江雨寒怔立半晌，連忙拍掉撒滿一頭一臉的石屑灰塵，猶豫了一會兒，還是匆匆跟了上去。

雖然對方發出嚴厲的警告，可是若不跟著祂，她也不知道自己還能上哪去。所以她仍遙遙地尾隨著。

幸好神智瘋迷的墮神也不再對她出手，只是無視她的存在。

某天隨著祂走到一個有點眼熟的地方——

縱使四周景物和記憶中相差甚遠，她依稀認得這裡是防空洞附近。

祂來這裡做什麼？正疑惑著，就見祂直直往防空洞走進去。

江雨寒連忙上前拉住對方的袍服袖端，「不要！不能進去！這裡很危險，裡面有大量的惡鬼！它們會傷害祢的！」

雖則對方是堂堂一位神祇，但畢竟已經瘋了，據說神格已失，若遇上防空洞裡的強大惡靈，難保不出事，所以她無法坐視不管。

墮神輕笑一聲，無視她的攔阻，逕自踏入防空洞。

「裡面很危險！不要進去啊！」

她看著對方逐漸隱沒在洞壕深處的背影，有點擔心，本欲追隨其後，心想說不定還可以遇到麗環前輩遺落在這裡的魂魄，可是一思及蕭巖曾經嚴厲告誡她的話，便不敢造次。

魆黑的天然溶洞中沒有光源，伸手不見五指，然而墮神絲毫不受四周黑暗影響，步伐沉穩優雅地朝著指揮室的方向走去。

行經一處鐘乳石穴，眾多散髮的人頭自洞頂懸吊而下，有的頸項斷處仍滴著血，有的兀自睜大不甘的雙眼，有的則剜眼劓鼻，數以百計，皆在寒風中悠悠盪盪，有如風鈴一般。

祂櫻唇微勾，冷冷一笑。

走到指揮室外，墮神停下腳步。眼前空間籠罩著一團濃重凝滯的黑霧，看不清楚霧中隱藏什麼。

「玩得過火了。」祂對著那團濃霧說，唇角帶笑，眼中卻不見笑意。「殺戮過重，劫數臨頭。」

凝滯的黑霧聞聲，開始緩緩流轉浮動，霧中傳出一個破碎粗嘎的聲音，「這是什麼話呢？若論殺戮，何人堪比妖刀之神。」

「汝等殘殺四周聚落的村民，將人頭懸掛山頂樹梢，行徑張狂，已經引起西南方修道者注意，不日將有禍事。」妖刀之神冷肅地說。

「區區人類修道者，有何可懼。再說，那些人可是慘死在妖刀之下，與吾等何干？」

「哦？」妖刀之神長袖半掩唇邊，揚眉淺笑，看起來神態妖冶，嫣然無方。「呵呵呵，我倒忘了。不過，既接受了我的力量，我造的孽，和你們造的孽，沒有分別。」

「祢！原來祢不是真心幫助我們洗刷怨恨？」黑霧猛然劇烈翻覆騰湧，厲絕鬼囂之聲有如裂帛。

「吾緣何襄助爾等？」妖刀之神笑彎了雙眼。「自相殘殺的人類固然可憎，汝等亦非善類，我不過想看戲罷了。大禍將臨，過得了這一劫，方能談論雪恨云云，好自為之吧！期待汝等復仇成功之日。」說完之後，轉身揚長而去。

走出防空洞，祂意外地看到江雨寒仍抱膝蜷縮坐在樹下，若有所待。

「胡為在此？」

見祂出來，她連忙起身，「我本來要去找我朋友，可是我怕祢在防空洞裡出事，所以暫時在這裡等著。」她認得這裡，知道怎麼從防空洞到阿凱家，即使距離遙遠，用走的她也要走回去。

「妳……」妖刀之神看向她的眼神有些詫異，繼而轉為罕見的溫和。

「祢沒事就好，那我去找我朋友了，再見。」

「妳如今處於生魂離體的狀態，除了我，沒有人看得見妳，找誰都無用。」

「那……那我怎麼辦？我一定要回去才行。」想到昏迷之前阿凱驚痛交加的神情，她焦急得快哭了。

她並不憂慮自身的處境，可是她怕阿凱擔心。

「隨我來吧！」

妖刀之神並未如江雨寒所願地將她的靈魂送回軀殼，只是帶著她四處轉悠。

她心裡焦慮，可猜不透對方的意圖，所以也不敢隨意詰問催促。

一神一魂雲遊在連天衰草之間，妖刀之神一邊漫步，一邊隨意吹奏著橫笛。

江雨寒從小修習國樂，對於古典樂曲多有涉略，但對方所吹奏的，是她完全陌生的曲調，只覺得其聲嗚咽哀傷，引人悲愴。

一曲終了，妖刀之神將橫笛遞給她。

她想大概是要她吹奏的意思，於是接過笛子，吹出〈淮陰平楚〉中的一小段。〈淮陰平楚〉雖是琵琶曲，不適合木管樂器，但她對曲譜極為熟稔，仍能以笛子吹奏其中部分段落。

「這是什麼曲子？」妖刀之神問道。

「〈淮陰平楚〉，描述的是楚漢相爭垓下之戰的情景，又叫〈十面埋伏〉。」

「〈十面埋伏〉啊……有意思。」祂薄唇微揚，饒富興味地淺笑。「繼續吹吧，在我還聽得見之前，想多聆聽一些珍奇的曲調。」

「祢怎麼了？耳朵受傷了嗎？」江雨寒奇怪地問。

神也會受傷嗎？她自覺這個問題荒謬，然而最近總覺得這位神祇隱隱有些異樣，莫非是在防空洞裡出了什麼狀況？

妖刀之神沒有回答，她只好拿起笛子，逕自吹奏〈十面埋伏〉的其他段落，直至〈烏江自刎〉一節，原本悠揚高昂的曲調漸漸轉為低沉淒楚，似乎夾帶縷縷幽怨難明的哀思，像在傷悼著兩千多年前馬革裹屍的英魂。

自從那次以後，妖刀之神經常要求江雨寒為祂吹奏橫笛。

不管她吹奏什麼曲子，祂總是聽得極為入神的樣子，有時閉目聆聽，有時則凝視著她，一雙有若秋水含情的美眸炯炯有神。

有一天，妖刀之神又若有所思地望著她，過於專注的眼神讓她感覺不甚自在，終於忍不住停止吹奏，轉身問祂：「祢為什麼一直看著我？」

如果是以前，她絕對不敢對著妖刀之神這樣質問，不過經過長時間的相處，她發現這位墮神除了言語錯亂、不太好溝通之外，似乎也不算很壞，至少不會再突然揮刀傷她了。

「……妳身上……有種熟悉的感覺。」

「我？」她感到困惑。

「那白花……叫什麼名字？」祂突然自言自語似地輕問。

「白花？」她茫然四顧，覺得祂的問題有點莫名其妙。

山野間白色的花有很多，野百合、茉莉花、蕙蘭、野薑花等等都是白色，問題是她並沒看到這附近有什麼白花。靠近水岸的地方雖有一大片芒花，花穗卻是淡淡的紫紅色，尚未轉為銀白。

「祢說什麼白花？」

妖刀之神搖搖頭，「罷了，繼續吧！」

江雨寒依言繼續吹奏方才未完的曲調。

此時江邊微雨，悽愴的旋律伴隨霏霏細雨散落在芒花深處的水面上，和暮色薄霧融為一體，連隔岸連綿的群峰都透著一股寒意。

「一曲橫笛，秋雨寒江，甚妙……」

忽聞一陣橐橐的皮靴聲在石板路上響起，雜沓而紛亂，驚擾了沉浸在笛音中的妖神。

江雨寒抬眼一看，只見煙雨蒼茫的原野上，有一隊肩荷長槍的官兵押著十來個青年，正朝這裡走過來。

那些青年個個鼻青臉腫、皮開肉綻，殘破的衣物黏在腐爛的傷口上，呈現黑褐的色澤。

官兵們用槍托重擊青年的膝窩，迫使他們伏跪在泥地上。

她心生不忍，停止吹笛，轉頭望了妖神一眼。

妖刀之神眸光冷淡，面無表情地看著眼前這一幕。

「我們有什麼罪？我們沒有犯罪！我們沒有罪！」其中一名被迫跪地的青年挺直腰板，

亢聲說道。

「說你們有罪就是有罪！死到臨頭，一張嘴還唧唧吧吧的，真個賤骨頭！」官兵拿起警棍重重笞打青年的嘴巴，打得血花四濺。

「……我們……沒有罪……自由無罪！九泉之下……我會……睜大雙眼看著……暴政必亡……」

一語未完，一串槍聲響起，戛然結束一切的憤恨和不甘。

灼熱的鮮血灑在妖刀之神臉上，只見雙目登時凶光驟現，赭潮欲流。祂以迅雷不及掩耳之勢抽出長刀，瞬間閃現到人群裡，手起刀落，血濺數尺。

變故陡生，那數十名軍官慌亂慘叫著四處逃竄，但殺紅眼的妖刀之神並不放過任何一人，刀影所及之處，腥風血雨，人頭落盡。

眼見墮神發狂，江雨寒只能怔立一旁，無能為力。

殺光現場的官兵之後，妖刀之神拄著長刀，半跪在群屍之間，垂首掩面，久久不動。

她直覺不太對勁，稍稍靠近查看。

「祢……祢怎麼了？」她小心翼翼地問，生怕刺激到對方，連她也一起殺。

妖刀之神抬起頭，流淌著鮮血的雙眼毫無焦距地望向前方，似乎失去了視覺。

「妳是誰？」祂突兀地問。

「我……我是……」她一時想不到要如何自我介紹。「祢……祢不記得我了？我……我一直在你身邊啊……」雖然她早就知道這位墮神一向言語無狀、瘋瘋癲癲，可這也失憶得太快了吧？

「這個聲音……妳是霞君！」

徹底入魔前的迴光返照，讓目不能視物的妖刀之神腦海神識片刻清明，猝然感應到守在身邊的靈魂，曾是自己的信眾之一。

那位經常手持山芙蓉花來神社祭拜，信奉祂、依賴祂，後來也被炸死在神社、屍骨支離的小女孩……

「霞君？我……」

正想說自己不是祂口中所稱的霞君，對方已自顧自地繼續說：「原來……汝等未審吾為何神，亦不知吾來自何方……依然虔誠祀奉，相信我能庇祐汝等，而我……未盡護祐之責……妄造殺孽、入魔已深……五感盡失……謝謝妳陪我這麼久的時間……今賜妳洞悉天地神靈之能……」

妖刀之神痛悔自己對人民守護不力，於心有愧，希望在徹底入魔之前至少還能做些什麼，於是帶著歉疚和彌補的心態，將神力賜予因祂失職而慘死的信徒。

祂伸出沾滿鮮血的右手，輕輕按在江雨寒的額間，頓時靈光迸現。

「帶著我的神力，再入輪迴……他日若得相遇……願聞君橫笛一曲……」兩行鮮血自妖刀之神眼中蜿蜒而下，有如淚水。

「等等！我不是……」江雨寒覺得對方好像搞錯了什麼，正要阻止，眼前驟然出現一片白光，頓時失去所有知覺。

瀕臨瘋狂、五感盡失的墮神，憑藉最後一絲神智將她的生魂送回軀體。

再度睜開眼睛，她發現自己正躺在溫暖乾爽的被窩裡，被鮮血濡濕的衣服也已換成潔淨寬鬆的長T。

空氣中幽幽飄蕩著熟悉的紫荊花香氣，這裡是……阿凱的房間？

「小雨？妳醒了！真是太好了！妳都昏迷好幾天了，擔心死我了！」鈞皓秀麗的臉龐綻露燦笑，看得出發自內心的喜悅。

「我已經死了嗎？」江雨寒呆呆望著他，不禁悲從中來。

「呸呸呸！什麼死不死的！好好的詛咒自己幹嘛！」鈞皓忿道。

「我還沒死？那怎麼會一睜眼就看到你？」

「老大叫我待在這裡照顧妳，妳要是有任何動靜就立刻回報他。」

「阿凱？他在哪？」江雨寒急切地問。

「他在前面的小客廳。我本來應該立刻去告訴他妳醒了，他一定會很高興的，可是……」鈞皓躊躇了一下，似乎有所忌憚。「他跟那個危險的小日本鬼子在一起，我不敢靠近小客廳……」

對於小島田這個靈能力者，鈞皓向來既畏懼又討厭。

「小島田來了？沒關係，我自己過去找他們，你待在這裡就好。」

江雨寒掀開被子，起身下床，忽然發覺長T裡面空蕩蕩，什麼也沒穿，非常不習慣，但她此刻急著找阿凱，一時也顧不了這麼多。

「……生靈出竅，受困在御神體之中，而且，恐怕那瘋狂的神祇正在折磨凌虐她的靈魂啊！」小島田蹙緊眉頭，露出不忍的神色。

「你怎麼知道？」阿凱急切地問。

「小雨臉上和腿部無端浮現的傷痕，毫無疑問是刀刃所致，可以推測她的靈魂受到傷害，魂魄所受的傷反映在肉體上，這是神明大人才具備的神力……」

「可惡！這該怎麼辦？你有辦法嗎？」

「我剛才向家父請示過，家父說……啊，請容我先介紹一下，我父親是神社宮司，兼任神主，和我這種半吊子的靈能者不同，他具有天生的靈感，並且侍奉神明有長達六十年的資歷，現雖臥病在床，神智方面還算清醒。他告訴我，現下情況，有兩個方法可以考慮。」

阿凱緊盯小島田，耐心等他繼續說明。

「第一個方法，是虔誠的奉祀、安撫『荒魂』，直到回復『和魂』狀態。一旦神明大人進入清聖的『和魂』狀態，自然就會放小雨回來了。」

阿凱眉宇深鎖，「這……這恐怕需要很長時間？」

「確實，可能需要幾十年，甚至數百年……」

「第二個方法呢？」

「第二個方法，就是直接砍斷這把脇差，讓『荒魂』無所依託，也許就能釋放小雨小姐受困的魂魄……」

看到阿凱已經一副摩拳擦掌、躍躍欲試的樣子，小島田立刻擋在他身前：「但是！家父絕對不建議這樣做！」

「為什麼？」

「這把脇差好歹仍是神器，御靈所在，萬一砍不斷它，神力反噬，你會沒命的！」

「無所謂，要是救不回小雨，我情願陪葬！」阿凱說著，口中唸咒，右手運起七星靈劍，沛然紫氣在他掌間氤氳流轉、昊光四射。

「等一下啦！你先不要衝動……我們從長計議、從長計議……」慌亂的小島田極力攔阻，心裡很後悔自己一時嘴快。「你如果出事，不就是我害死你嗎？」

「你讓開，這是我自己的決定，與你無關……」

匆匆來到小客廳的江雨寒，看到小島田正手忙腳亂地擋在阿凱和刀架上的脇差之間。

「阿凱！」

阿凱聞聲，一轉頭，江雨寒已撲進他懷裡。

「還好……還能再看到你……」劫後歸來，阿凱懷中的溫度和熟悉的香氣，給她一種安心的感覺。

「小雨！妳沒事了嗎？」懷抱著她，懸掛了數天的心終於得以放下，他的眼眶莫名一陣濕潤。

被晾在一旁的小島田看到江雨寒安然無恙，心裡也很高興，但總覺得眼前這個情景有點尷尬。「咳咳！小雨小姐平安無事，真是太好了。……我這就先回去了，明日再來打擾……」他識相地悄悄溜走了。

阿凱低下頭，正想關心江雨寒身體有沒有哪裡不舒服，她也正巧抬起頭來仰望他。

「阿凱，我有一件事想問你。」

「什麼事？」

「是你幫我換衣服的嗎？」

「……這……對不起！我……那是因為………」

看到阿凱俊臉漲得通紅的窘狀，躲在牆壁裡的鈞皓摀著嘴笑彎了腰。

第三十三章 畸零瀑布

江雨寒醒來的隔天，小島田再度造訪阿凱家，三人坐在小客廳談話。

她將昏迷期間經歷之事詳細告訴阿凱和小島田。

小島田望向供在刀架上那把黯然沉寂、神采不再的脇差，露出難以置信的神情：「妳是說，憑依在這把脇差的御神，賜予妳洞悉天地神靈之能？」

江雨寒點點頭，「我記得祂是這麼說的，然後我就醒過來了。」

「洞悉天地神靈之能，這是什麼能力？」小島田偏著頭思索著。

「我也不清楚。」她更覺得莫名其妙。

「那妳的身體有任何異狀嗎？有沒有什麼和從前不一樣的地方？」

江雨寒搖搖頭，「除了臉上和大腿多了兩條疤，沒有什麼不一樣。」

生魂離體之時，妖刀之神對她造成的傷害深深烙印在肉體上，雖然傷勢已經痊癒，卻留下不可磨滅的刀痕。她並不十分在意外表，但當她看到鏡中的容顏拖著一條猙獰突兀的深紅色傷疤時，也不禁有些悵然。

這就是老人家說的「破相」吧？實在有點慘不忍睹。她手掌輕捂左臉，下意識遮掩。

「荒魂具窺伺人心、竊取思想之力，也許祂給予小雨的，就是類似的能力？」阿凱說。

「窺伺人心嗎？有道理，如果真有洞悉天地神靈之能，那麼要窺探人類的心思也不是難事。」小島田轉向江雨寒問道：「小雨小姐，現在妳能感應得到我心裡在想什麼嗎？」

江雨寒認真地盯視小島田那張清秀稚氣的娃娃臉好一會兒，據實回答：「完全感應不到什麼。」

不過她想起之前觸摸劉梓桐和少年日本兵的時候，曾經感應到他們潛藏的心靈狀態。「用看的是看不出來，也許藉由肢體接觸，就能有所感應呢？」她說著，將右手伸向坐在她旁邊的阿凱，想握住他的手。

不料手掌觸及瞬間，阿凱就如遭電擊般，反射性抽回自己的手，反應之激烈，讓江雨寒不由得愣住了。

「阿凱怎麼了？」

「沒、沒事……」察覺自己反應過度，阿凱顯得有些尷尬。

坐在對面的小島田忍不住噗哧一笑，引來阿凱狠狠地瞪視。

「大概辰凱先生有些事情不想讓妳知道，沒關係，拿我來試驗好了。」小島田兀自不怕死地說，朝她伸出手掌。

「那就失禮了。」江雨寒右手和小島田交握片刻，只能感受到對方手心的溫度，並無其他異樣。「沒感覺。」她放開了他的手。

「是喔？」小島田洩氣地靠回椅背。「那御神賜妳的，到底是什麼神力啊？」

「說不定……那神力根本不是給我的吧，因為那時候神明叫我『霞君』，我說我不是……而且那時墮神已經神智癲狂，言語混亂，也許認錯人了……」她語帶猶疑地說。或許因為她不是墮神所說的霞君，所以神力也不在她身上？

「霞君？彩霞的霞？」阿凱神情愕然。「祂真的叫妳霞君？」

「怎麼了？你知道霞君是誰嗎？」她連忙問道。

「那是……很小的時候，我曾聽伯公和我爺爺談論關於妳剛出生那時的事。」

「我出生時的事？」江雨寒一臉疑惑地看著阿凱。

她只聽說過自己出生不久之後，媽媽就丟下她一走了之，爺爺年老不便養育，所以託給江家大宅後方竹林裡的老婆婆幫忙照料；除此便一無所知。

「妳一出生就被北辰帝君選定為乩身，知道為什麼由我代替嗎？」

「因為爺爺怕我吃苦吧？再不然就是擔心我扛不起這重責大任，所以才連累你頂替我。」江雨寒歉然地說。每次想到這件事，她就覺得很對不起阿凱。

阿凱搖搖頭。「不是這個原因。詳細情形我並不清楚，但我記得伯公曾經說過一件很奇怪的事。」

江雨寒出生時頗有些不對勁的情況，她的爺爺江伏藏說她天賦異稟，但不是好現象。為了查明天生異能的來由，江伏藏以生辰八字為她占卜前世今生因緣，推算出她上輩子生在北村貧家，身為女子，以霞為名。

「霞者，彩雲也，『大都好物不堅牢，彩雲易散琉璃脆』，命數畸零，刑家破祖，兵燹殞命，未笄而卒——伯公當時這樣說。」

江雨寒和小島田怔愣地聽著這段往事。

「竟然能夠卜算前世，可惜我無緣得見這樣的高人！」小島田扼腕地說。

「你的意思是……墮神口中的那個霞君就是我嗎？可是……」她驀然憶起生魂離體時看到的那個採花的小女孩，當時她一直覺得很眼熟。

記得她的同伴是叫她……小霞？

「凱，你這裡有我小時候的照片嗎？」

「當然有。」

阿凱起身回到自己的房間，從書牆中抽出幾大本沉甸甸的相簿，拿到小客廳桌上。翻開一看，裡面全部都是她幼時和阿凱的合照。

看到其中一張，她就不禁愣住了。

因自幼流離失所、寄人籬下，手邊沒有半張小時候的照片，她總想不起來自己幼年的模樣，如今看到阿凱這裡的照片她才悚然驚覺──

那個名叫小霞的女孩竟是和她長得一模一樣！

生在北村貧家，身為女子，以霞為名……她的前世，就是那個摘花供神、被砲彈炸死的女孩？所以當時入魔已深的神祇稱她為霞君，並非因為五感漸失、神智瘋迷的緣故嗎？

她將那個女孩的事告訴阿凱二人。

小島田恍然大悟，但又有些不解：「照這樣說，神明大人賜予的神力應該是附在當時尚未投胎的霞君魂魄，因為神明大人要她帶著祂的神力再入輪迴；但如果小雨小姐是霞君轉世，為什麼身上沒有神明大人前生賜予的能力？」

「小雨天生異能，後來被伯公封住了，靈力盡失，才由我代替她成為神乩。」

「為什麼？擁有神明大人的能力有什麼不好？一般人還求之不得，封起來也太可惜了！」小島田深感惋惜。

「異數不祥，不值得可惜。」阿凱說著，目光轉向架上的脇差。「比起這些，我比較想知道這把短刀要怎麼處理？」

「兩個辦法，就像我昨天告訴辰凱先生的——毀掉御神體，或者是進行安靈奉祀的祭禮，讓因戰亂影響而轉為荒魂的神明大人恢復和魂狀態。」

「那就直接毀掉吧。」阿凱想也不想地說。

小島田不贊同地搖搖頭，「辰凱先生也太狠心，那好歹是位神明大人。而且小雨小姐說這位神明大人能隨意出入防空洞，如果安撫成功，讓祂順利恢復成正神，也許對我們有很大的幫助。」

「這需要耗費很長的時日，夜長夢多。」阿凱看著江雨寒白皙臉頰上那怵目驚心的疤痕，十分心疼懊悔。「要是一開始就毀掉這把短刀，小雨也不用受苦。」

察覺到阿凱憐憫的目光，江雨寒有些不自在地伸手遮住臉上的傷疤，微微低頭。

「我覺得……這位神祇雖然妄造殺孽，但本性其實不壞，也曾經護祐一方百姓，如果不是受到戰爭無情的打擊，又失去想要守護的人們，祂不會變成這個樣子。」江雨寒不忍地說。「阿凱，我們奉祀祂好嗎？」

「可是祂傷害妳……」

「沒有關係，我想祂不是故意的，只是控制不了自己，而且後來祂也對我很好，如果可以的話，我希望可以幫助祂回復原本的樣子。阿凱，好嗎？」

「好，就依妳。」見她柔聲懇求，阿凱立刻妥協。

「嘖嘖嘖。」一旁的小島田發出意味不明的聲響，似乎想說些什麼，卻在阿凱的冷眼注視下噤聲。

江雨寒轉向小島田問道：「小島田先生，我們要怎麼做，才能讓你口中所謂的『荒魂』恢復正常呢？」

「小雨小姐肯奉祀神明大人，這真是太好了！」小島田微笑地說。「昨日我曾請示家大人，家父說，根據《神道五部書》記載，神樂歌舞可解神怒，定期以神樂歌舞奉納荒魂，有安撫綏靖的效果。」

「神樂歌舞？這我不會。」她面露難色。

「小雨小姐會吹笛子和彈古箏對吧？我曾在別墅看過這類樂器，雖然很舊了，但保養得很好，可見是一直有人在使用。」

「對。」江雨寒點點頭。

「既然小雨小姐擅長絲竹，那神樂曲的部分就不成問題，至於神樂舞，我可以教妳。」

「你會跳神樂舞？」她大感訝異。

在日本神社裡，負責跳神樂舞的通常都是巫女，她沒想到小島田居然也會。

「家大人是神社宮司兼神主，我從小在神社長大，本身也是神職，這些祭神儀式接觸得多了，就像你們俗話說的：『沒見過豬走路，也吃過豬肉』，還難不倒我，放心吧。」小島田胸有成竹地說。

那句俗話是這麼說的嗎？江雨寒總覺得哪裡怪怪的。

「那就這麼說定了，我會盡快幫小雨小姐準備巫女服和祭神器物，萬事拜託。」小島田雙掌合十地說。

過了幾天，小島田將成套的巫女裝束——包含檀紙、白衣緋袴、草履，及神樂鈴、古箏、笛子、檜扇等相關祭器送到阿凱家，還附上幾張神樂舞的教學光碟。把全部東西交給江雨寒，他就跑去醫院探視麗環。

日前才由鬼門關前搶救回來的麗環已經轉到普通病房，但醫生直言她的身體日漸衰弱，情況並不樂觀，親友要隨時做好心理準備。

小島田非常擔憂，可是他深知防空洞凶險異常，如果沒有萬全的把握，不能輕舉妄動，以免連累更多人。

搭乘計程車返回別墅途中，行經位於山谷低窪處的二號橋，意外看到橋下河床聚集了許多村民，其中還有一些熟面孔。他認得那些人是辰凱先生的朋友，之前曾經和他們一起去蘭桃坑。

只見眾人沿著河岸，神色慌張地在比人還高的蘆葦叢間穿梭逡巡，好像在搜尋什麼。發生什麼事了？

他請計程車司機停車，付清車資之後，往橋下走去。

「怎麼了？你們在這裡忙什麼？」他從熙熙攘攘的人群中逮住一個較眼熟的來問。

眼前這個人，記得是叫雷包吧？現在天氣冷得很，午後黯淡的日影驅不散凜凜寒意，他卻滿頭大汗的樣子。

「我幹X娘咧！沒看到恁爸在忙，抓你媽XX！我X……」雷包張嘴就罵，一轉頭見抓他的人是小島田，連忙稍稍收斂。「是你啊，日本兄弟！歹勢啦，我現在在忙……」

「到底發生什麼事？」對方狂躁異常的情緒，讓小島田頓感不安。

「我妹她們不見了！」

「不見？怎麼會呢？」

「早上我妹她們七、八個女生在河邊烤肉，中午有人騎車回村子去買汽水，再回來她們七個已經不在這裡了！」雷包倉促地說，急得眼圈發紅。

「會不會是跑到別的地方去了？」

雷包頭搖得像波浪鼓，「聽住附近的人說，中午時候做大水，恐怕是被河水沖走了！」

「做大水？」小島田看看地上一片泥濘，有些緊鄰河畔的蘆葦叢還倒在泥水裡，明顯有沖刷的痕跡，瞬間理解了這三個字的意思。「今天又沒有下雨，怎麼會突然河水暴漲？」

「這裡沒下，那裡有下。」雷包指向遠方墨雲籠罩的東南群山。「那邊下雨，大水就會往下直灌，可是誰知道這麼突然……」他用沾滿爛泥的手揉了揉眼眶，「我們正要往下游找人，如果是卡在河邊草叢那還好……」

「我跟你們一起找！」人命關天，小島田立刻自告奮勇地說。

村落動員百來位村民協尋，一路往下游處搜索。

雷包泛紅著雙眼，抿緊嘴唇，奮力踏著泥漿前進。

「怎麼沒看到辰凱先生？你們沒有通知他？」小島田看看四周人群，疑惑地問。

「我們沒有告訴老大。」雷包一邊撥開灌木叢，一邊說。

「為什麼？發生這麼嚴重的事……多個人手，多份力量。」

「嫂子最近身體不太好，老大為了照顧她，連續熬了好幾天沒睡覺，也累壞了，大家決定不吵他。」

一旁的百九插嘴道：「她們是被水沖走，不是被鬼抓走，找阿凱來也沒有用，還不如讓他好好休息。」

「被鬼抓走？」這句話倒是提醒了小島田。

村落此時妖氛四起、怪異頻傳，並不是沒有這個可能性。於是他隨手摘取一片蘆葦嫩葉，摺成葉笛吹奏。笛聲一響，那隻有著橘色花紋的小貓登時閃現在他肩頭。

他附在貓耳旁囑咐幾句，橘色小貓立即銜命而去。

眾人一路跋涉到河川的盡頭——西北大湖，沿途皆無所獲。

部分村民循著原路往回搜索，部分村民則潛入泥水渾濁的湖中，開始進行打撈。到了這個地步，大家都心裡有數，那七個女孩子是凶多吉少了，但至少生要見人，死要見屍。

雷包癱坐在泥地上，雙掌掩面，不發一語。

小島田正想上前安慰，橘色小貓倏忽出現在他肩上，貓爪拍了拍他的肩膀。

「有發現嗎？」小島田低聲問道。

小貓抬起前爪，指向東南峰巒疊翠的群山之巔。

東南方山勢不及北山高聳險峻，然因此時霧靄繚繞、雲煙氤氳，籠罩在墨雲下的山色晦暗不明，看起來詭祕不祥。

「竟然在那裡？」小島田大感驚愕，但他相信神使必無舛誤。

他走向正渾身顫抖、埋首低泣的雷包，輕拍他的背，「不要絕望得太早，也許情況沒這麼糟。我去另外一邊找找看，說不定有什麼發現。」

雷包聞言抬頭，「你去哪裡找？」

小島田指著東南群峰，「那邊的山上。」

「你累昏頭了是不是？那裡是河川上游，人被大水沖走，怎麼可能跑到山上去啊？見鬼了。」癱在一旁休息的百九說。

「我也覺得不可能，可是找一找也沒損失。你們繼續在這裡找，我去山上看看。」小島田不以為意地說。

「兄弟別去了。」雷包揉揉眼睛，用粗啞的聲音說：「那個方向是麒麟瀑布，阿凱說過那裡不吉利，叫大家沒事不要靠近。我妹她們也不會在那裡，頂多……頂多就是被沖到湖裡了……」說著又哭了起來。

「沒有人看見她們被水沖走，不是嗎？說不定她們跑到別的地方去了，我去看看沒關係，有找有希望。」

見小島田不聽人勸，執意前往東南山區，雷包只得把正在吃點心的小胖和阿達等幾個少年叫過來。

「腳長在你身上，你堅持要去，我也攔不住。只是那山雖然不高，但麒麟窟一帶地形複雜、沒路沒頭，萬一迷路也是會出人命的，我讓小胖他們陪你去。」雷包說：「有找到沒找到，你的恩情，我雷包都記住了。」

小胖聽說要去麒麟窟，連忙把村民提供給搜救人員當點心的肉包、水煎包塞滿自己的背包，才安心上路。

因為河川上游地勢崎嶇，高低落差極大，無法徒步溯游而上，所以小胖開車載著小島田和阿達等人，由西南山徑繞到東南方的山腳下，在一片占地廣袤的墓園停了下來。

這片墓園看起來歷史悠久，許多墓碑上的刻字都已然湮滅，模糊難辨；部分坐落在斜坡上的古墳，因小規模坍塌而裸露出腐朽的棺材和骨骸。

「下車下車！車子只能開到這裡，要進山只能用走的了！」

小胖說著，率先扛著裝滿包子的背包下車，再走到後車廂把瓶裝礦泉水塞滿另外一個袋子，叫阿達揹著。

阿達接過沉甸甸的背包，苦著臉說：「蛤！這水好重欸！我不要揹啦！山裡面有溪流有瀑布，要喝水還不簡單！幹嘛還要扛這麼重的水……」

「阿達就是阿達欸！那溪水裡都是水蛭的幼蟲，你想讓水蛭吃掉腦子就盡量喝啊，幹！」小胖罵完之後，逕自帶著小島田往入山口走去。

阿達跟其他幾位少年只得快步跟上。

「對了，兄弟，怎麼稱呼啊？」小胖戴上麻布手套，準備用鐮刀開路。

「在下小島田光，今年三十歲。」

「哦，是阿光啊！不說還真看不出來三十歲了，我還以為你跟老大一樣二十出頭呢。」

小胖一邊劈除長滿陡峭山徑的灌木雜草，一邊和小島田閒聊。「這裡好久沒有人來，原本的路都快看不到了。以前常有一些外地人聽說看了網路上的介紹，大老遠跑來這裡找瀑布，結果下場都不太好，累死村裡的警察，所以在山下立了幾十個禁止進入的告示牌，這幾年漸漸沒人來了。」

「不是沒人來，那些外地人偷偷跑進來，死在裡面也沒人知道，說不定等一下我們還會發現屍體。」走在阿達後面的一個少年插嘴道。

「破格嘴❶！等一下真的看到屍體，你就負責給恁爸扛下山去！」小胖罵道。

小島田看著他氣喘吁吁、舉步維艱的龐大背影，心裡有些過意不去，於是說：「讓我走前面開路吧，是我自己堅持要來這裡……」

「免啦！我是個粗人，粗重的活我做慣了，你是老大的朋友，怎麼能讓你操勞。」小胖喘著氣說，「這些勞累辛苦都是小事，要是能找回雷包他妹和雅芙、小瓊她們就好了。」

「雅芙？」小島田對這個名字有點印象。「是上次在蘭桃坑遇見的那幾個女生嗎？」他記得那個叫做雅芙的女生，長得還蠻漂亮，說話秀秀氣氣的。

「就是她們啊，還有雷包的妹妹晴晴。晴晴一定要沒事啊，不然雷包怎麼辦，唉！」小胖長長嘆了口氣。

「看得出來雷包先生跟他妹妹感情很好。」

「雷包他媽是越南新娘，在他們很小的時候就跟人家跑了，他老爸又是個沒用的人，整天只知道喝酒打人，雷包很照顧他妹妹……」說到這裡，小胖大概是累了，嘆口氣，不再繼續說下去。

幾個人勉強穿行在荒煙蔓草之間，攀藤附葛地朝山頂前進。

大家都不說話之後，小島田才察覺這座山不對勁的地方。

彷彿是太安靜了。剛才在山下墓園還聽得到熱鬧的蟲吟鳥叫蛙鳴，山上卻完全沒有這些聲響，一片死寂。

他聚精會神地豎起耳朵，隱隱聽到四周幽暗的深林裡微有動靜，乍聽像寒風颳過枯葉的窸窣之聲，但再仔細一聽，依稀是人類的低語聲。在說些什麼？中文？日語？還是某種方言？他聽不清楚，只覺得其聲幽細，令人毛骨悚然。

樹林裡……有人嗎？他循著低語的方向轉頭望去，只見被小花蔓澤蘭覆蓋的森林異常魆黑，什麼都看不到。

正想問其他人有沒有聽見，走在後方的阿達突然慘叫一聲，向前撲倒。

「衝三小啦！幾歲人了，走路還會跌倒，害恁爸嚇一跳，差點閃尿！」小胖回頭怒罵。

小島田連忙彎身把阿達扶起來，幸好泥地濕軟，沒有摔傷。

「沒事啦，不知道踩到什麼軟軟的東西，絆了一下。」阿達低頭尋找害他跌倒的東西。

「有了，就是這個……是一隻馬靴欸！怎麼會有馬靴掉在這裡，看起來還新新的……」

小胖連忙說：「馬靴？會不會是晴晴她們掉的？撿起來我看看。」

阿達依言把那隻黑色的長統靴撿起來，「這鞋子還挺重……」話說到一半，他驀然驚聲怪叫，急忙把靴子朝前方甩出去，厚實粗壯的鞋跟砸中小胖的鼻子。

「我操你媽祖宗……」吃痛的小胖正要破口大罵，卻張大嘴巴罵不出來。

因為他看到落在手中的馬靴裡面，赫然有一隻腳。

經過了漫長的兩個小時，穿上整套巫女裝束的江雨寒終於走出自己的房間。

她依照小島田的教法，將一頭長髮用檀紙和繩結整整齊齊地束起來。這部分沒有問題，但她覺得這套巫女服實在很難穿——

過窄的白衣前襟幾乎包覆不住胸部，緋色裙袴也太短，只能勉強蓋住臀部，而且材質太薄，她穿上之後一直冷得發抖。

「阿凱，你看我是不是太胖了，這巫女服我根本穿不下……」

坐在小客廳等候的阿凱抬頭看了一眼，倏地握緊拳頭。

「……我先去捏死那個日本人，妳等我！」

「阿凱不要！」她連忙拉住火冒三丈的阿凱。

1 破格嘴，台語，罵人的話，指人嘴巴說不好的話，導致招來霉運。

第三十四章 絕谷殘聲

「阿娘喂呀！腳……腳腳腳腳腳！是人的腳啊！」

小胖瞪大眼睛，捧著馬靴的雙手不停發抖，連兩頰的肥肉都不由自主地抽搐。

小島田連忙自小胖手中接過那隻靴子。

靴筒內緊裹著一隻人類的小腿，兀自流淌殷紅鮮血的斷面非常整齊，骨肉分明，看起來就像遭到異常鋒利的刀刃連鞋帶腳一起削斷。撲鼻而來的濃烈血腥味讓小島田不禁屏息。

從斷肢出血的情況看來，事發時間應該相距不久，也許傷者就在這附近？

「我們趕快四處找找看！」

小島田正想四下搜索，但他很快地發現困難所在──除了剛才小胖勉強用鐮刀開闢出來的這一條狹窄山徑之外，四周長滿比人還高的荊棘野草、雜樹灌木，沒走幾步就卡住，根本無法通行。

「別、別找了，這裡沒路沒頭的，怎麼找？我們還是趕快報警再說！」驚魂甫定的小胖從褲子口袋摸出手機，看了看，立刻皺上眉頭。「靠么！沒訊號！欸，你們誰有收訊的？」

小島田和其他三名嚇到快哭出來的少年都各自拿出手機，只有阿達的手機有微弱的一格訊號。

他顫抖著把手機遞給小胖，「胖哥你打……我……我手抖到沒法按了……」

「媽的！個頭這麼大，膽子這麼小，真給你阿公丟臉！」其實小胖自己也被那隻鮮血淋漓的腳嚇壞了，但為了壯膽，嘴上還是罵罵咧咧的。

撥通之後，只見小胖拿著手機，張開嘴巴，卻好半晌沒說話，臉上的表情越來越糾結。

「怎麼了？電話不通嗎？」小島田好奇地問。

「通是有通，可是聽不清楚，對方不知道在碎碎唸三小……」

「碎碎唸？」小島田不懂他的意思，伸手把手機拿過來，「我聽聽看。」

他把手機按在右耳，聽到另一端傳來細語低喃的聲音，雖然聽不清楚內容，但似乎是有人在講話。

「喂喂？請問是警察先生嗎？」他遲疑地問道。

對方沒有回應，唯聞低語聲持續不斷，像在訴說什麼。

小島田將手機緊壓耳朵，試圖再聽清楚一點，忽爾一陣山風颯起，穿林拂葉，帶來一些細微的聲響，從他左耳輕輕颳過。

他不由得愣住了，怔怔地望向左側的深林。

林風止息，適才那些細碎的聲響也就銷聲匿跡，但那一瞬間他確實聽見了——電話另一側的低喃，和樹林裡傳來的細語聲竟是一模一樣！

……是他的錯覺嗎？

從頭到尾都是一副事不關己、慵懶蜷縮在小島田左肩睡覺的橘色小貓，此刻也緩緩坐直身子，琥珀色的眼睛直盯著幽林深處。

看到小島田瞬間臉色刷白，呆呆地瞪著左側的樹林，小胖直覺不對勁，連忙搶回手機、切斷通話。

「算了！算了！山上訊號本來就很飄，也許只是一些雜訊干擾，不管了，我們趕快下山報警吧！」小胖說著，招呼眾人轉頭下山。

小島田低頭看看手上拎著的長靴，有些猶豫。

由這斷肢的出血量看來，顯然是在靴子主人還活著的狀態下硬生生切斷，如果不趕快進行急救，恐怕傷者將因大量出血而在短時間內死亡。

他很想救人，可是剛才聽到樹林中的奇異低語，讓他內心動搖了。

雜樹林裡根幹枝椏交錯縱橫，長得非常茂密，雖然大部分葉子已經枯黃凋零，但因樹冠層被小花蔓澤蘭、酸藤等攀緣性植物完全覆蓋，陽光照不進林中，而顯得陰暗異常，即使是大白天，也有如黑夜，透露著詭譎氣息。

不太管閒事的神使也開始警戒，表示這山必有古怪。萬一變生不測，情況恐怕不是他所能應付，想想還是先下山求援比較妥當，只不過……

「等等、等等！這隻腳怎麼辦？」小島田拎著靴子問眾人：「就這樣拿著下山嗎？」

小胖躊躇片刻，為難地說：「還是拿下山好了，雖然怪怪的，可丟在這裡也不好……阿達，你負責拿下去！」

阿達立刻哀號：「為什麼是我啊？」

「是你撿到的啊，你不拿誰拿？」小胖理所當然地說。

「我不要啦！好可怕欸！」

「哪裡可怕，這隻腳很小，看起來是女生的腳，你不是最愛偷看女生的腳？現在有機會讓你抱著捧著，便宜你了！」

聽小胖這樣揶揄，另外兩名少年忍不住在一旁竊笑。

「說什麼鬼話啊！拜託！長在身上的跟剁下來的哪有一樣？我不要拿啦……」見阿達一副快哭出來的樣子，小島田輕嘆一口氣，「我拿，你們別吵了。」就這樣，他拎著那隻沉甸甸的靴子，跟在眾人身後往回走。

「我實在很想知道，那到底是誰的腳啊？」走在最前方的少年說道。「看起來很新鮮，好像剛斷不久，到底是誰的腳，怎麼會斷在這裡？阿達，你認得出來嗎？」

「誰知道啊！我嚇都嚇死了，根本不敢仔細看！」

「你真是一點用也沒有欸！看你那鳥樣，枉費你阿公還是打過越戰的英雄，你阿公的臉都被你丟光了。」小胖嗤道。

「胖哥你自己剛才還不是嚇到哭爹喊娘……」

「是咧靠北喔！」

幾個年輕人似乎忘了適才的恐懼，嬉鬧成一團。

小島田默默捧著那隻斷腳細看。

齊整異常的斷面像遭利刃以極快的速度削過，絲毫不拖泥帶水，這樣俐落的刀法，讓他不由自主想起寄宿在脇差之內的荒魂大人。

然而荒魂大人遭到辰凱先生重創，神威大減，應暫無傷人之力……那麼會是誰呢？另外，他還想到一件很奇怪的事。

「小胖先生，想跟你確認……」小島田轉向走在他背後的小胖。

「唉額！你不要叫我什麼先生啦，我全身雞母皮都爬起來了！叫我小胖就好，拜託！」

「好，小胖，請問剛才在你開路之前，這條路有其他人走過的痕跡嗎？」

「沒有啊！要是有其他人先走過了，我怎麼會開路開得那麼辛苦？這雜草雜樹長得這麼茂密，我估計起碼大半年沒有人來過這裡了。」

「果然……我想也是。」小島田神色凝重地說：「在小胖先生斬草開道之前，這條荒廢已久的山路長滿荊棘雜草，沒辦法通行，可是為什麼這隻腳會掉落在草叢間？」

小胖的臉色霎時也變得很難看——

沒有人走過的路，卻掉落了一隻人腳，確實怎麼想都很奇怪。

這隻腳是從哪裡來的？

小胖回答不出來，前面三名少年也不由得停下腳步，面面相覷。

此時周圍沒有風，連樹林都沉默了。

過了一會兒，其中一名少年為了打破這令人發毛的寂靜，故作輕鬆地說：「漫畫裡不都說，第一個發現的人就是凶手，該不會是阿達偷偷把斷腳帶上山，再自己假裝踩到……」

「你媽的在講什麼雞巴啦！很難笑欸！」阿達氣憤地朝少年的頭巴了下去。

「有道理啊，這樣就可以跟警察解釋為什麼鞋子上有你的指紋啊！」另一名少年笑著附和。「阿達聰明喔！」

小胖也跟著大笑起來。

該說這些人沒有危機意識，還是神經大條？這種情況下，還可以這樣大聲地嬉笑怒罵……小島田望著小胖等人，不禁愕然。

只是看著他們這樣打打鬧鬧，至少感覺沒有那麼恐怖，不然一整路拎著這隻斷腳，精神壓力實在大到破表。

不過，如果像小胖先生說的，在他們抵達之前，並沒有其他人來過這裡的話，為什麼神使指示那七個女生的行蹤是在山上呢？

山區剛下過雨，地面泥濘，加上草深蔽徑，凡人走過必留下痕跡，他卻沒發現任何跡象，然則那些女生真的在山上嗎？或者是……

小島田看了左肩的貓咪一眼，只見牠仍是一臉事不關己的淡漠，高踞他的肩頭上。

江雨寒按照小島田給她的曲譜，在阿凱家的小客廳演奏神樂曲。

她聚精會神地用古箏彈完一曲，接著換拉二胡，然而供在刀架上的脇差沉寂依舊，毫無反應。

她認為大概是自己對這些樂譜還不熟稔，曲藝未精，所以並不氣餒，只是感覺有些累了，便甩了甩痠痛的右手，起身離開小客廳。

中午吃過午餐之後，阿凱就到自家的道場練習柔道，她帶著乾淨毛巾和冰涼的麥茶跑去練習場找他。

道場就在停車場旁，一幢獨棟的小屋，裡面鋪滿柔道專用的榻榻米。

她在窗戶外面，看到阿凱身穿道服、腰繫黑帶，正對著同樣穿道服的假人練習大外割。

午後日光黯淡、陰晦欲雨，天氣很冷，阿凱卻揮汗如雨，顯見極為認真。

江雨寒本來不想驚擾他，阿凱卻一下子就察覺她的存在，丟下假人，朝她走過來。

「怎麼會跑來這裡？」阿凱問道。

「想看你練習。」江雨寒將麥茶遞給阿凱，拿起毛巾輕輕替他擦汗。「我記得你小時候就很喜歡柔道，現在幾段了？」

「二段。」

「好厲害啊。我大學修過柔道課，當時的教練也是黑帶二段。」她面露崇拜地說。

「大學也有柔道課？一定很好玩吧？」阿凱打開麥茶，一氣喝完。

雖然阿凱從來不說什麼，但每次提到關於大學的事，江雨寒總感到非常歉疚——他是因為她的緣故，才不得不放棄升學的機會。

「很好玩。等你能離開村子的時候，就可以去念大學了。到時看你上哪一所大學，我就去考那裡的研究所，你說好不好？」

阿凱微微一愣，搖搖頭。「不好。」

「為什麼？」

「這樣我不就要叫妳學姐了？」

「當我的學弟沒什麼不好啊，我會好好照顧你的……」江雨寒開玩笑地說。

正說著，突然看到蕭巖快步從大門跑進來，神色匆匆。

「師父？」

蕭巖一向無事不登三寶殿，看到他親自跑來，阿凱有些驚訝。

「阿凱，出事了！」

「怎麼了？」

「我剛才觀察到東南瀑布風水寶氣將散，事不尋常，你快去看看什麼情況！」

阿凱不甚明白蕭巖的意思，但從他老人家罕見的急迫語氣聽得出事態嚴重，於是不敢耽擱，立即允諾前往。

「小雨，妳……」

正想問江雨寒要不要一起去，就見她連忙搖頭。「我不去。」

「為什麼？」她的反應令阿凱大感意外。這一點也不像小雨。

「我不想再讓你擔心了，而且我也幫不上忙。」

鈞皓告訴她，之前因為她擅自碰觸荒魂的御神體而陷入昏迷，連累阿凱擔心得好幾天不吃不睡，她深覺過意不去。

他當時那種驚痛交加的神情，她不想再看第二次了。

「萬事小心，我在家準備好晚餐等你，你要早點回來。」她抬頭望著他，殷切叮嚀。

「好，我盡快回來。」阿凱答應道。

小胖一夥人嬉鬧夠了之後，繼續朝山腳的方向走，走到一半，忽然看到路旁一根碗口粗細的孟宗竹以極緩的速度慢慢橫倒在山徑上，硬生生擋住下山的路。

為首的少年向後方退縮了幾步，臉色變得青筍筍的，「胖哥！這個是？」

「慘了！是竹子鬼！」阿達害怕地說。「我聽我阿公說過……」

「竹子鬼？」走在隊伍最後面的小島田探頭一看。

原以為是一根斷掉的竹子，仔細打量才發現靠近根部的竹節以極不自然的弧度拗折彎曲著。照理說，這麼粗的竹竿，早該在彎成這種程度之前就繃斷了，可是事實上卻沒有斷裂，委實不可思議。

「這是什麼品種的竹子，韌性這麼強，彎成這樣居然還不會斷！」小島田嘖嘖稱奇。

「什麼韌性、什麼品種，這就是鬼啊！竹子鬼！」小胖的臉色非常難看，冷汗涔涔。

「竹子鬼是什麼東西？」

「以前常聽村子裡的老人說，陰森森的竹林本身聚陰，妖魔鬼怪會附在竹子上，有人經過的時候，就會攔路害人。」一名少年輕聲說道，聲音有些顫抖。

「竹子鬼怎麼害人呢？」

小島田仔細端詳那棵攔路竹，除了外觀很不科學之外，實在看不出有什麼威脅性。

「我阿公說，之前村子有人在山裡遇到竹子鬼，不知好歹就從竹子鬼上面跨過去，結果竹子突然彈起來，過了幾天，那個人被發現夾在竹叢裡死掉了。」阿達發抖地說。

「我聽說的是跨過去的人被吊死在竹子上……」另一名少年說。

竹子一根長得這麼直，要怎麼吊死人？小島田聽了他們語焉不詳的說明，還是不明白竹子鬼的可怕之處，不過眼前的怪竹姿態難得一見，他連忙拿出手機，對倒地的竹子猛拍。

「你拍什麼啊？」小胖有點傻眼。

「機會難得，拍起來留念。」

若非山區沒有網路，他真想立刻傳給父親大人鑑賞鑑賞。

「竹子鬼攔路，我們都不知道能不能活著回去，還留念……要不要幫你跟竹子鬼合照幾張？」小胖神色慘沮地說。

「有這麼恐怖？既然竹子鬼會趁人經過的時候彈起來，那我們不要跨過去，不就沒事了？」小島田好奇地問。

「不跨過去，我們要怎麼下山？」

小島田觀察了一下周圍環境，路徑左側是雜草叢生的山溝，坡度陡峭，深不見底，無法通行；右邊是修竹蔽日的陰暗樹林，看起來有點可怕，但地形相對平坦，或許可以行走？

「從右邊竹林繞過去？」

「從竹林繞過去？你傻了！怎麼知道竹林裡沒有其他的竹子鬼？說不定竹子鬼大軍正等我們自己送上門……」

小胖話才說一半，驟然聽到山上響起陣陣慘烈的號叫，撕心裂肺，慘絕人寰。感覺聲音是從很遙遠的山頭傳來的，許是山風助響之故，清晰若在耳邊，令人打從心底顫慄。

「是誰在慘叫啊？叫得好淒厲。」

小胖愣住了。

大家不約而同循聲望向山頂瀑布的位置。此時峰頂雲似潑墨，陰晦渾濁，掩蔽在濃霧間的瀑布有如銀絲一線。

「聽起來好像女生的聲音欸……」阿達惴惴不安地說。

這種地方居然會有女生的聲音，難道真的是失蹤的蔡雅芙她們嗎？

眾人心中湧起一股不祥的念頭。

「不好了！我們快去看看！」

小島田率先往山上飛奔而去。

第三十五章 飛瀑漩屍

耳邊聽著峰頂不斷傳來令人觳觫顫慄的慘叫，小島田心裡焦急萬分，巴不得即刻馳援。但通往山頂瀑布的路徑榛莽叢生，穿行不易，在眾人七手八腳胡亂砍樹開路的時候，淒厲的嚎聲戛然而止，四周恢復一片死寂。

「不……不叫了欸，怎麼了啊？」阿達停下撥草的動作，惶然驚懼地看著其他人。

「該不會……死透了吧？」一名少年臉色慘白地說，額頭冷汗如雨。

「怎麼辦？完全沒聲音了，我們還要上去嗎？」小胖拿不定主意，轉向小島田問道。

小島田猶豫了一下，「還是去看看比較好吧？說不定只是昏迷了……也說不定還有其他活著的人。」

「好，聽你的！」小胖乾脆地答應了。反正下山的路有竹子鬼擋道，他也不敢通過。

眾人繼續斫草劈木，但隨著慘叫聲的靜止，心裡已不像剛才那樣火急火燎，急促的腳步也稍稍慢了下來。

「這個地方，霧氣總是那麼濃嗎？」小島田抬頭看向峰頂，此時雲聚霧湧，完全看不到那道垂掛在山壁間的瀑布。

這座山海拔不高，但峰頂那瀰漫的濃霧看起來就像高山上的雲海似的，有種說不出的詭異之感。

「是啊，這麒麟山頂的濃霧很少散開，大晴天也是這樣。常常村子裡好天氣，這裡卻在下雨。」小胖隨口答道。

「欸，你們聽人家說過嗎？聽說這座山上有狐仙欸！」一名少年壓低聲音，神祕地說。

小胖聞言噗哧一笑，搖搖頭，懶得搭腔。

「真的啦，以前鍾哥他們年輕的時候來這裡夜遊，聽說有見過，好多人都看到了。」

「小鍾那個人說的話可以聽，狗屎也可以吃啦！」小胖嗤之以鼻。

「可是也不是只有鍾哥這麼說啊！」那少年不服氣地說。「我在村子裡的加油站工作，在那邊打工的幾個大學生也說有看過，而且他們都說山上霧很大的時候狐仙就會出現。那些大學生唸那麼多書，總不會騙人吧？」

阿達打斷他的話：「唬爛的啦！誰說大學生就不會騙人？我阿公說台灣根本就沒有狐狸，哪裡來的狐仙！」

「台灣沒有藏獒，你阿公的竹仔寮那幾隻哪裡來的？台灣也沒有孔雀，以前老大的阿公不也養了一大堆？」

「那當然是花大錢買來的，可是狐仙不一樣，狐仙是可以進口喔？你說這裡有魔神仔，我還比較信……」

話還沒說完，阿達的頭就被小胖大力巴了一下。

「靠北啊！在山上不要亂講話啦！不想活著回去了喔？」小胖惡狠狠地瞪了他一眼。

阿達這才想到山上的禁忌，連忙摀住自己的嘴，不敢再出聲。

「『魔神仔』，這是什麼？」小島田好奇地模仿阿達的台語發音。

「……回去再請老大告訴你，現在還在山上，別提這三個字，拜託！」小胖臉色很難看地說。

「喔。」小島田順從地點點頭。「小胖先……呃，抱歉！小胖，再請教你一件事。」

「你說。」

「從那些女孩子烤肉的地點，到這座山的山腳下，大概需要多久的時間？」

「開車大概一個多小時吧。」

「走路呢？」小島田繼續問道。

「走路，起碼要大半天吧？我也不知道，沒有人會用走路的來這裡，太遠了，要繞村子外圍一大圈，路又很不好走。」

「那有別的路可以到達這裡嗎？沿著剛才二號橋那條溪流往上走，會不會比較快？」

按照他的觀察，以方位來看，二號橋下的那條溪流，發源地應是這座山無誤，因為上游瀑布區下雨，而造成下游的河水暴漲。

「這是不可能的，那溪邊完全沒有路可以走，而且高低落差很大，猴子都爬不過去。」小胖說。「你問這些做什麼？」

「我在想，如果那些失蹤的女孩子真的在這座山上，她們是怎麼來的？剛才山下入口處沒有其他的車子，不是嗎？」小島田說出心中縈繞許久的疑問。

小胖還沒回答，一名少年搶著說道：「所以我一直覺得她們沒有來這裡啊！烤肉烤得好好的，沒事跑來這裡幹嘛？是吃飽太閒？」

另一名少年也附和說：「對啊，而且阿凱哥有交代過，麒麟窟和蘭桃坑一樣很危險，不准大家靠近，那些女生不會笨到跑來這裡送死吧？又不是阿達。」

「靠！你扯到我幹嘛！我沒事也不會自己跑來這裡啊！」阿達不滿地抗議。

「我是說阿達馬孔固力❶，又不是在講你！」

「你明明就是故意的……」

眾人的打鬧聲中，小島田默默舉起手中的殘肢看了一下。

要是那些女孩子真的不在此地，這隻腳又是誰的呢？像小胖他們所說，是誤闖瀑布的外地人嗎？

然則神使的判斷應該是不會錯的，雖然因飄洋過海的緣故，致使神力大減……

正想著，前方的小胖突然停下來，小島田收步不及，一頭撞上對方身後那個裝滿水煎包的背包。

「欸欸？」小胖發出怪異的聲響。

「怎麼了？」小島田奇怪地問。

「我們什麼時候走到樹林裡來了？」小胖愕眙張望。

小島田四下一看，發現他們一行人正置身荒林之中。

這座林子並不幽暗陰深，雖然圍繞周遭的樹身高大，但木葉多半枯黃凋零，午後慵懶的日光自稀疏的樹梢篩落，渲染出一種溫暖的黃褐色調。

「奇怪了，怎麼會走進樹林的？我幾年前常跟著老大去麒麟瀑布，不記得這條路有穿過樹林啊？是我太久沒來了嗎？」小胖一臉困惑。

「一定是你太久沒來，小樹都長成樹林了。」一名少年不以為意地說。

「哦，大概吧！不管了，繼續走。」

樹林裡的野草低矮，而且幾乎都枯萎了，不像剛才山徑上的那般茂盛雜亂，行走起來很輕鬆，眾人腳步加快，卻一直走不出這片林子。

「這樹林怎麼、這麼、大？為什麼走……走這麼久，我們還在林子裡？」小胖走得氣喘吁吁、汗流浹背。

「慘了！我們在樹林裡迷路了，好像一直繞回原來的地方！」阿達緊張地說。

小島田細看四周，他對植物沒研究，每棵樹看起來都差不多，也不知道是不是真的繞回原地，只是感覺這片樹林範圍異常廣袤，走了許久，山頂瀑布仍在迢遙的遠方。

「迷你個鳥蛋！就朝著麒麟瀑布的方向直直走，這樣也會迷路？你當我是那些肉腳的外地人？」小胖斥道。

「不是迷路，那就是鬼擋牆了。我阿公說過，野外遇到鬼擋牆的時候，在地上撒泡尿就可以脫困。」阿達說得煞有介事，神情十分認真。

「撒尿喔？好啊！我剛好想尿尿，大家一起撒，威力比較大！」正好尿急的小胖從善如流，聯合大家一起付諸行動。

於是四個人站成一排，解褲頭的解褲頭，抽皮帶的抽皮帶。

「喂喂！你們……」

小島田覺得這樣的行為不太禮貌，因為在他的觀念裡，山無大小、皆有神靈，沒先打聲招呼就隨意在山上大小便，恐怕會褻瀆山神吧？

正想阻止，倏然「咻咻」數聲，五條繩狀物憑空竄出，纏住眾人的右腳，瞬間將他們拔地拉起，離地尺餘倒掛著。

「哇操！這什麼東東？『山豬吊』啊？」小胖兩頰的肥肉因地心引力而往下垂墜，幾乎蓋住眼睛，睜眼困難。

「不是吧？『山豬吊』的鋼絲那麼利，要真是『山豬吊』，我們的腳早就流血流滴了……大概是其他的捕獸陷阱。」阿達褲子脫了一半，十分狼狽。

「哪個生孩子沒屁眼的在這裡設陷阱害人，就不要被我逮到，我操他媽祖宗十九代！」小胖氣得亂罵。

小島田右腳高懸，沒被纏住的左腳伸直也不是，放下來也不是，無所適從，非常痛苦。

原本一直在睡覺的小貓此時爬到他的右腳，企圖用利牙齧斷繩索，卻是徒勞無功，只好無奈地對著小島田喵喵叫。

「小胖哥，這樣倒吊著好痛苦啊！」一名少年哀號道。

「廢話！難道我看起來很舒服嗎？真他媽的難過死了！我終於知道為什麼老大要我們拆除『山豬吊』了……被這樣綁著吊著真的生不如死！」

「啊啊啊！要是老大在這裡就好了……老大快來救我們啊！」另一名少年對空吶喊著。

「少做夢了，老大在家照顧大嫂，才不會跑到這裡來。」小胖垂頭喪氣地說。

「小雨小姐不是單戀辰凱先生而已嗎？你們為什麼總是稱呼小雨小姐為大嫂？他們不是夫妻的關係吧？」雖然在眼前這種情況下，問這個問題是有點突兀，但機會難得，小島田還是忍不住提出心中隱藏許久的疑問。

他真的好想知道這兩個人到底是什麼關係。

「什麼單戀！他們早就上過床了，你以為我們大嫂叫假的喔？」小胖出人意表地說。

「欸欸欸？這是真的嗎？」小島田潛藏的八卦魂猛然爆發，頓時目光睒睒，彷彿忘了頭腳倒懸的苦楚。

「騙你幹嘛？這是大家都知道的事啊。」

「太震驚了，求詳細！求詳細！」

「就是有一次我們去老大家，看到老大和嫂子睡在一起，你不知道老大多勇猛，嫂子差點連站都站不起來……」

阿達害怕地用雙手捂著自己的耳朵，「胖哥你亂講這種話，如果被老大聽到，你一定會死得很慘的！我可什麼都沒聽到喔！不關我的事！」

「老大又不在這裡，是在驚三小……」

眾人身後驀然傳來一個陰冷的聲音，雖然不慍不火，聽著卻令人心底發寒——

「小胖，活膩了？」

小胖原本因血液倒流而漲紅得像豬肝的臉瞬間刷白，慘無人色。「老……老大？」

「救命啊！老大！快救我們下來！」

「我腦袋快爆開了！好痛苦啊！」

「太好了！老大來了！」

阿達和其他兩名少年見到阿凱出現，又驚又喜，連忙求救。

「老……老大……你……你怎麼會……突然跑、跑來這裡？」小胖嚇得臉色一陣青一陣白，牙齒打顫，還差點咬到舌頭。

「回去再跟你算帳。」阿凱緩緩走到眾人身前，上下打量。

「你們在這裡玩什麼？」

「別開玩笑了，辰凱先生，我們看起來像在玩嗎？」小島田此時頭昏目眩，勉強擠出一個苦笑。

阿凱手上撚著纏住小島田腳踝的紅褐色鬚根仔細端詳，倏地濃眉微皺。

「這個鬚根是……老樹公？」原先淡定的眼眸隱隱跳動著怒火，他突然四顧大喊：「老樹公，給我出來！」

周圍剎那間變得寂靜異常，連風聲、落葉聲也都止息了，唯有阿凱的怒吼在蕭疏的樹林間迴盪。

「老樹公，連祢也要助紂為虐了嗎？老樹公！出來！」

不管他怎麼喊，四周仍是毫無動靜。

阿凱見狀，改用台語嗆道：「老樹公！數到三不現身放人，恁爸剿了祢的老巢！三！」

話音甫落，纏住小島田眾人的鬚根瞬間鬆開，五個人猝不及防，重摔在地。

阿凱面前乍然出現一棵巨大無比的老榕樹，華蓋亭亭、鬚根滿布，樹幹上的樹瘤和紋路看起來像老年人的五官。

小胖等人驚愕瞠視這棵樹圍粗大的巨木，嚇得爬不起來。

「老樹公，這是什麼意思？」阿凱不滿地質問。

「這些人不該擅闖……」老榕樹身上的樹洞傳出一個沉悶蒼老的聲音，像人類在洞穴裡說話的回音，斷斷續續，語速極慢。

「我們沒有亂闖，我們是要救人，你看！」小島田立刻撿起那隻掉落在地上的小腿，遞給阿凱看。

「這……」阿凱神色驟變。

「那些小姑娘已經……唉……」老樹公長長嘆了口氣。

「小姑娘？」阿凱疑惑地看向小胖。

小胖連忙告訴他，雷包妹妹雷晴等七名女孩子失蹤之事。

「因為這位日本兄弟認為那些女孩子可能在這座山上，雷包才叫我陪他來這裡。我們剛才還有聽到一些女生的慘叫聲，好像從麒麟瀑布那裡傳來，正想趕去救人，就被綁在這裡了。」小胖解釋道。

「老樹公，堂堂山神，為什麼阻礙救人？」阿凱想到又有生靈受害，心裡既急且怒。

「畸零瀑布人畸零……那些小姑娘已成『犧牲』，他們去了……只是多幾副『牲禮』……令畸零瀑布枉添冤魂戾氣……」老樹公微微晃動，樹梢枯葉相互摩擦的聲響，聽起來都像嘆息，此起彼落，不絕如縷。

「已經……來不及了嗎？」阿凱神色黯然，心裡一陣難過。

他對小胖說的那幾個女孩子沒什麼印象，也經常分不清楚誰是誰，但總是在同一個村子長大的，乍聞噩耗，不免悲痛。

「唉……好孩子，一切……來不及了。」

「是誰做的？跟防空壕有關？」

「事態至此……追究無用，孩子，畸零瀑布風水已破，寶氣不存了……」

「為什麼？」他想起師父交代的事，悚然一驚。

他對麒麟瀑布風水寶氣之事，了解不多，只知道攸關風天法陣陣眼，不可輕忽。

「那些小姑娘……生前精氣被吸乾……活生生繼切肢解，散落畸零瀑布下方深潭。孩子……你自幼在深潭修煉，應知後果……」

瀑布下方因長年累月的重力作用，侵蝕成巨型水窟，深若無底，且存在一個強大的翻滾流，物體一旦靠近，就會被強勁的水流捲入，隨著鉛直的渦流不斷上下往復旋轉，永遠無法脫困。

聽聞慘狀，阿凱不忍地皺緊眉頭，「她們的屍體困在翻滾流的漩渦裡？」

肢解活人，迫使遭受極大痛苦而亡，死後怨氣必然奇重，再將屍首四處拋散、甚至丟下深潭漩流，讓亡者冤魂永世不得脫離，會使用如此惡毒的祭法來破除陣眼風水的，定是防空壕惡靈無疑，但是……

防空壕的惡靈受到伯公血咒束縛，無法任意出入，是誰企圖幫助它們脫出法陣？

「孩子，沒有時間了……」

阿凱明白事態嚴重，如今悲傷、憤怒都無濟於事，風水寶氣一旦散失，當年伯公設下的陣眼就岌岌可危了。

「老樹公，能補救嗎？」他連忙問道。

「無能為力……」

「陣眼要是破了，這座山立刻會被虎視眈眈的妖物占領，祢是山林守護者，數百年來庇護著麒麟山，祢就這樣放棄？」

「孩子，你沒有感覺到嗎？這座山……已經逐漸死去，我的神力仰賴山川精華所聚，山死了……我也即將消失……自身難保了。」

「怎麼會？到底發生什麼事？」阿凱臉上難得出現驚惶的表情。

「命數如此，多言無益。孩子，我死之後，取我樹頭製成五雷號令，這是……我能幫你的……最後一件事了……」

「閉嘴！老妖怪，胡說什麼！誰准祢死了！」他氣急敗壞地說。「祢敢死，我就把祢燒掉，挫骨揚灰！」

老樹公身形搖晃，所有枝椏上的枯葉同時發出聲響，恍如陣陣蕭瑟淒楚的笑聲。

「呵呵呵……孩子，你還是像小時候一樣……」

「少廢話！有什麼辦法可以救祢？」阿凱急切地問。

在阿凱很小的時候，江伏藏經常帶他到麒麟窟進行修煉，他在瀑布附近的樹林偶然邂逅了老樹公。

只有他能和老樹公進行對話，而其他人連看也看不到，江伏藏說這是緣法。

老樹公待阿凱極好，烈日酷暑時為他遮陽，雷霆風暴時讓他避雨；自己明明是一棵榕樹，卻總是可以生出西瓜、李子之類的瓜果讓阿凱充飢解渴。

對他來說，老樹公就跟爺爺一樣，然而阿凱的阿公雖然也很疼愛他，但對他的管教非常嚴格，總是疾言厲色，只有老樹公自他幼年便一直包容他的任性和頑皮，任由他用祂的鬚根盪鞦韆、在祂的枝椏上蓋木屋，從來不生氣。

如今老樹公有難，他是無論如何也不能袖手旁觀。

「先別管我了……孩子，快去瀑布看看，也許還有一線生機……」

聽說可能還有人倖存，阿凱連忙想去救人，但又放心不下老樹公。

「可是祢……」

「放心吧……畸零山氣數未絕，我便尚能支撐……救人要緊，快去吧！」

1　阿達馬孔固力，台式日語，指腦袋裝水泥，喻腦袋不靈光、呆笨。

第三十六章 潛龍躍鱗

阿凱開車載著蕭巖離開前往麒麟山，偌大的豪宅頓時剩下江雨寒一人。

原本厚著臉皮賴在李家的鈞皓，因為厭惡荒魂之刃散發的濃厚邪氣，早已跑到警察先生俊毅那裡去了。

她借了阿凱的另一輛新車到附近超市買菜，計劃晚上多煮幾道阿凱喜歡的菜餚。回到李家時，卻見蕭巖駕駛他自己的車停在大門外，若有所待。

「蕭伯伯，你不是和阿凱一起去麒麟瀑布了嗎？為什麼還在這裡？」她連忙按下車窗，探頭相詢。

「阿凱遇到麻煩，妳馬上跟我去瀑布！」蕭巖以不容拒絕的威嚴語氣說。

江雨寒聽到阿凱有麻煩，二話不說立即答應：「好！我先把車停好，立刻就來！」

把車開回停車場之後，一坐上蕭巖的車，她就迫不及待地問：「阿凱怎麼了？有危險嗎？」焦急之情溢於言表。

「也沒什麼，只是有件事需要妳幫忙。」蕭巖淡淡地說。

「什麼事？」

「到了麒麟山就知道了。」

江雨寒見他神色如常、絲毫未見焦慮，似乎不像出大事的樣子，才稍稍放心。

車子從村外西南群山下蜿蜒繞行，往東南方行駛而去。穿過大片竹林之後，來到一片陡峭的險降坡上。

一條僅容單向通車的小徑沿著斜坡向下迤邐延伸。小徑右側是一座幽暗闃寂的峻谷，深不見底，有如萬丈深淵。

左側山壁則熱鬧地開滿各式各樣的花，有大紅的朱槿、鵝黃的軟枝黃蟬、白色的素馨、橘色的馬纓丹、金銀相間的忍冬……

她認得這裡是通往瀑布的唯一路徑，距離麒麟山山腳大約還有半個多小時的車程。蕭巖卻在險降坡上停車，令她感到困惑。

正想發問，蕭巖指著右邊窗外對她說：「妳有看到懸崖邊的人嗎？」

江雨寒依言望向車窗外。

此時日已曛黑，暮靄漸濃，小徑右側懸崖邊又雜草叢生，阻礙視線，她定睛注視許久，才看到比人還高的狗尾草叢間，似乎有個模糊身影蹲坐其中。

那個人低垂著頭，看不清楚面容，一身襤褸破衣，像是電視劇中那種遷台初期阿兵哥所穿的軍服。

「有看到，可是……」她語帶遲疑地回答。

「妳下去和他對話。」蕭巖命令道。

江雨寒想不到他會作此要求，心中一驚，「蕭伯伯，那個是鬼……」

因為那個形體呈現半透明狀，外觀看起來和鈞皓很類似，習慣見鬼的她一眼就辨識出是靈界的幽魂。

「我知道。放心，如果有變故，我會保護妳。」

見蕭巖一副胸有成竹、信心滿滿的樣子，加上那懸崖邊的鬼魂看起來沒什麼威脅性，她便也不感畏懼，於是下車往懸崖邊走去。

「……我沒有搶……我沒有搶……阿姨說過……不能偷別人的食物……」

靠近魂體時，她隱約聽到晚風中夾帶著一些細碎的喃喃自語，似乎就是那個阿兵哥鬼魂發出來的。

「請問……你……在這裡做什麼呢？」江雨寒在魂體前方蹲下，輕聲地問道。

「……我沒有搶……我阻止他們，他們打我……」魂體彷彿沒有察覺到她的靠近，依舊垂著頭自言自語。

「他們是誰？他們為什麼要打你？」藉著殘陽餘暉，江雨寒看到對方身上傷痕累累，掩蔽在殘破軍服底下的軀體皮開肉綻，不由得心生同情。

「……我沒有搶……我沒有搶……阿姨說過……不能偷別人的食物……」阿兵哥鬼魂沒理會她，逕自重複相同的低語。「……我沒有搶……我阻止他們，他們打我……」

她見無法溝通，朝對方伸出右手，試圖碰觸他的肩膀。

阿兵哥倏地抬頭，一把攥住她的右手。

這一抬頭，江雨寒清楚看到他的頭蓋骨碎裂，部分腦漿溢了出來，垂在額間，年輕削瘦的面孔嚴重殘損，整張臉皮肉模糊、鮮血淋漓，不禁嚇了一大跳，本能想抽手後退，但感覺對方似無惡意，所以大著膽子反握阿兵哥的手，繼續和他對話。

「是誰把你打成這樣？我能幫你什麼忙嗎？」她憐憫地問道。

眼前的年輕魂體讓她想起從防空洞逃出的少年日本兵，都是身罹亂世戰禍的可憐人。

「告訴阿姨……我沒有搶……我沒有搶……我有聽話……」阿兵哥目光炯炯地看著她，挪動殘缺的下顎，吃力地說道。

她關切地問：「你阿姨是誰？是我們村子裡的人嗎？叫什麼名字？姓什麼？如果是我們村子的人，我等一下從瀑布回來就去找她！」

「阿姨……阿姨……」

阿兵哥看似正要回答，突然畏懼驚悚地看向江雨寒後方，下一秒立即消失蹤影。

「欸！你還沒告訴我，你阿姨是誰……」

不知何時下車來到江雨寒背後的蕭巖，猛然用力抓住她的手臂——

「妳果然有和鬼神溝通的能力！」

東南瀑布自麒麟之巔奔瀉而下，長年隱蔽在雲霧繚繞間，難窺全貌。瀑布底下有一深潭，號曰「麒麟窟」，深若無底，自古常有人投潭自盡，百餘年來頗傳靈異。

每當深潭水位下降的時候，村裡就會聽到麒麟窟裡傳來乾嚎悲鳴，如鬼夜哭；村人前去查看，卻又不見任何異狀，唯聞哭聲從潭底不斷傳來。

阿凱聽從老樹公的指示，往峰頂瀑布疾馳而去，小島田等人緊追在後。

接近峰頂時，正值日殘西山，藉著薄暮微光，遙遙看到瀑布旁邊的巨石上站著兩個人，一個是蕭巖，一個是江雨寒。

江雨寒全身被苧麻絲編成的法索牢牢綑縛，緊臨懸崖而立。

「師父！你要做什麼！」阿凱驚駭不已，連忙加快腳程。

蕭巖見阿凱靠近，隨即一把將江雨寒從峰頂推下去。

「啊啊啊啊啊！完了完了！瀑布五層樓高啊！嫂子死定了！宮主起痟❶了！」小胖遠遠望見，嚇得連聲慘叫。

「阿凱，你要原諒師父……」蕭巖迎向阿凱，企圖解釋。

一語未完，左頰已重重挨了阿凱一拳，嘴角瞬間滲出鮮血。

「你不是我師父！」阿凱恨恨地說，轉身朝江雨寒墜落的地方一躍而下。

「危險啊！辰凱先生！」小島田追至崖邊，本想跟著跳下去，一看清楚高度之後，不自覺縮住腳步，「這個……太、太高了吧！」

「我勸你、千萬、別、跟著跳！」好不容易攀上峰頂的小胖，上氣不接下氣地說：「從這裡跳下去，從來沒有活著回來的……」

「那辰凱先生和小雨小姐……」小島田聞言，驚懼欲絕。

「老大小時候跟著高人在這裡修行，對這裡比較熟悉，說不定他有辦法，我們這些廢棒幫不上忙，不如趕快下山搬救兵。」小胖搖著頭、嘆著氣說。

阿達和那兩名少年害怕地望著左頰烏青且高高腫起的蕭巖，渾身哆嗦。「宮主……為什麼要殺人呢？」

蕭巖單膝跪地，俯視崖下，神色淒然，憫默不語。

阿凱深諳潭底翻滾流的位置，躍下時特地避開，以頭上腳下的姿勢安然落於潭中。入夜後的潭水冷若冰霜，凍人肌骨，但他無心自顧，焦急地四處泅尋江雨寒的下落。此時太陽已下山，徹底籠罩於夜幕的麒麟窟，黑暗和絕望一樣沉重。

「小雨！」阿凱心知處在這種絕對黑暗的情況下，想救回被法索牢牢綑綁的小雨，難如登天，卻不願放棄一絲一毫的希望。「小雨！聽到回答我！」

只要小雨還能發出聲音回應他，自己就有把握可以聽聲辨位找到她的所在之處；然而不管他怎麼喊，回應他的只有瀑布的水流聲，和自己那宛若悲鳴的空谷回音。

過了一會兒，初出的皓月影落寒潭，忽見不遠的水面銀光閃閃。

阿凱不遑審視，急忙朝光輝明亮處游了過去。

只見身軀綑著法索的江雨寒正面朝上浮於水面，雙眸緊閉；銀白色的耀眼光芒持續自她身下的潭水中散發，周遭數尺波光粼粼。

阿凱大喜過望，火速伸手將她撈了過來。

江雨寒身子一離開潭面，水底下一條銀白色巨型長條狀的物體倏地一躍而出，在清冷月光下揮灑過鱗光一睒，即刻竄入潭中，轉瞬消失。

「蛟……蛟龍？怎麼可能？」

阿凱抱著昏迷不醒的江雨寒，微微一愣。

他小時候聽伯公和阿公說過，麒麟窟曾經潛藏著一條修行的蛟龍，但早已在數十年前得道飛升，當時的昇龍之威還意外造成風天法陣陣眼殘損。那他剛才看到的是？莫非只是一條體型異常巨大的魚嗎？

阿凱無暇細究，一手攬著江雨寒，一手往岸邊游去。

所幸江雨寒雖然渾身冰涼、面如死灰，但尚有氣息，讓他安心不少。

甫上岸，忽聞潭底訇然有聲，有如防空警報一般，令人震耳欲聾。轉眼間蟾光斂形、烏雲蔽月，驟然下起滂沱大雨。強勁山風夾帶暴雨，以摧枯拉朽之勢狂掃谷底，木葉枝椏皆為之斷折。

由於此處土質鬆軟脆弱，加上向斜構造，大雨時經常引發小規模的坍塌和土石流，阿凱不敢冒險下山，只得揹著江雨寒躲到麒麟窟附近的洞穴避雨。

麒麟山真正的名稱，實為畸零山，因其地質主要為石灰岩，長期受到豐沛的雨水溶蝕，呈現崎嶇畸零之地貌，屬於典型的喀斯特地形，這個洞穴即為溶蝕作用而成。

以前小雨的爺爺帶他到麒麟窟修行的時候，他們經常在這個洞穴打坐，因此雖然多年沒來，他還不忘正確方位。

洞穴入口極為狹窄，又長滿姑婆芋、台灣樹蕨、鬼桫欏等植物，若不留心細看，從外面幾不可見，但內部很大，深處洞頂有一條成人胳膊般粗細長短的裂縫，雨水經年累月由此滲落，在下方積水形成一窪水潭。

阿凱從洞口採了幾片碩大無比的姑婆芋葉子，鋪在地面，將江雨寒放置其上，再幫她鬆開身上緊縛的法索。

苧麻編成的法索泡水後縮得更緊，在她白皙的四肢勒出鮮豔的繩痕，令阿凱心疼不已。

他忿然將解下的法索用力丟擲在地。

解開束縛的江雨寒像一隻濕透的雛鳥，不自覺在光滑冰冷的姑婆芋葉上蜷曲成一團，全身劇烈顫抖。阿凱迫於無奈，只好脫掉兩人身上那幾乎凍結成霜的濕冷衣物，用自己的體溫讓江雨寒取暖。

「伯公，你曾教過我，『天下溺援之以道，嫂溺援之以手』，我這樣做是不得已的，絕對不是趁機占小雨便宜，你在天之靈，一定要見諒。」

阿凱一邊默禱，一邊把身無寸縷的江雨寒抱擁胸前，再將擦拭乾淨的姑婆芋葉子層層覆蓋於她身上。

巨大厚實的姑婆芋葉子雖然可以防風，但無法保暖，沉沉昏睡的江雨寒畏寒發顫，下意識直往阿凱懷裡蠕動磨蹭。

在這個空無一物且陰冷潮濕的天然溶洞，他除了更用力地摟緊她，以身體提供她溫暖之外，別無他法。

他背倚山壁，望著洞口外的閃閃雷光，祈禱暴雨趕快停歇，才能帶小雨下山就醫。

無奈這場豪大雨非但沒有減緩的跡象，反而越下越大，陣陣雷霆霹靂近若咫尺，彷彿劈在洞口處一樣，驚心動魄。

睡夢中的江雨寒受雷聲驚擾，迷迷糊糊地伸手抱緊阿凱，如依浮木。

「小雨別怕，沒事。」他低聲說道，大掌輕輕拍撫著她的背，如哄嬰孩。

在阿凱溫柔的安撫之下，江雨寒緊繃僵直的軀體才漸漸放鬆，婉順地伏臥他身上，只是雙臂仍牢牢抱著他。

眼見洞外雷雨狂暴，一時半刻走不了，阿凱索性閉目養神。詎料剛閉上雙眼，驟然驚聞有別於雷鳴的轟隆巨響，同時感應到萬馬奔騰般的山體震動。

「慘了！」

阿凱心知不妙，倏地睜眼，發現再也看不到洞外閃爍的電光——

突如其來的土石崩落，徹底掩埋了洞口，四周陷入無盡的黑暗。

（未完待續）

1 起痟，台語，指發瘋。

番外・神變

番外·神變

被稱為「妖刀之神」的祂，曾是神明駕前的御神刀。

經過漫長歲月，從祔祭的身分，變成被人們祀奉在神社的御神，後來輾轉飄洋過海，來到陌生的山村。

坐落在北山之巔的神社很小，有些地方不合規範，而奉請祂到此的神主過不久就因故返國了。然而此方信眾誠樸虔敬，一開始雖對陌生的神祇帶有疑慮，但很快就將新建的神社當成信仰中心，朝夕膜拜。

這裡的人民十分貧苦，過著三餐不繼、敝衣枵腹的日子，卻仍努力張羅奉獻予神社的供品，諸如番薯、山芋、竹筍、野花之類，至誠懇切。

祂記得那個瘦小羸弱的小女孩，她的同伴是稱呼她為小霞吧？經常以此地特有的山芙蓉花作為供物。這種花日間是純白色，黃昏時轉為晚霞般的深紅，相當特別，令祂印象深刻。

小霞幾乎日日爬上陡峭的石階來到神社，在拜殿前參拜完畢之後，通常會打掃神社。小小的手拿著一塊殘破但仍保持清潔的碎布，將拜殿、玉垣等處擦拭得一塵不染。並沒有人要求她這樣做，但她看起來樂在其中。

這女孩為神社付出很多心力，所求卻微小到可憐，不外乎「希望今天晚餐的番薯籤粥裡面可以有一些米粒」、「希望衣服上的破洞不要越裂越大」、「希望媽媽今天能夠吃飽」；祂知道她心裡很羨慕部分孩童能上學堂唸書，常常佇立在學堂外偷聽，卻從未向祂祈求過這方面的願心，似乎只要免於飢寒，便心滿意足。

祂憐憫這些卑微窮困的人們，遂盡己所能護祐他們，數年之內風調雨順，五穀豐登。

然而戰爭的陰影無預警地籠罩這個小山村，一場空襲奪走大多數村民的生命。

看到全心信賴祂而聚在神社躲避空襲的村民被炸得支離破碎，祂伏在屍骸上悲泣，感受那些罹難者臨終前巨大的痛苦和錯愕不甘，熱浪中洶湧如潮的血水灼傷祂的雙眼、撕裂祂的神識，在那瞬間，祂忽然忘了自己是誰、不知己身為何物。

身後有人企圖靠近祂，祂本能揮刀一擊，隨即自這個令祂痛苦不堪的人間煉獄脫身。

人類為何要自相殘殺？祂獨自徘徊山野，百思不得其解。

漸漸地，祂開始對自相殘殺的人類感到厭惡。如果人類並不愛惜性命，祂何必費心護祐他們？如果殺戮帶給人類快慰，如果人類天生熱衷戰亂、摒棄和平，祂也並不介意贊上一臂之力。

無聊之際，祂找上屈死在防空洞裡的日軍，並賜予它們足以和該死的人類相抗衡的力量。那些充滿怨恨的惡靈因得到祂的力量而高興，敬畏地尊稱祂為「妖刀之神」。

祂不喜歡這個名字，不過無所謂。妖刀也好，御神刀也罷，如今都只是殺戮之刃。

當祂在曠野之原獨行時，忽有一個奇怪的生魂跟著祂。

她身上的氣息似曾相識，臉上的傷疤有些眼熟，依稀感覺對方和自己有什麼淵源，且令祂的靈識受到打擾，因此有些不悅。

長時間尾隨，意欲何為？

祂停下來質問對方，那有如驚弓之鳥的小小生魂說了一些祂不懂的話，於是自己也懶得再理她。

見對方意圖追上來，祂頓感不耐，長刀一劃，砍傷她的腿。

某日，祂坐在黃花樹下，望著自己的佩刀出神。

那對雙刀一長一短，外觀十分精緻，刀柄處纏繞繁複精巧的枯葉色織繩，刀鞘彩繪細緻的鷹羽紋樣，其上繫著與柄纏同色的下緒結❶，看似風雅，卻沾滿血腥、殺戮無數。

乾涸的褐色血跡有些刺目，祂將視線由佩刀移到悄悄躲在一旁的生魂。

她究竟想做什麼？

「祢能讓我回去嗎？」她這樣懇求道，堅毅的眼神中帶著焦急。

但祂不知道她該回去哪裡——祂連自己從何而來都不知道了，何況是不相干的路人。

愛莫能助。祂搖搖頭，移開視線遙望遠方。

祂從何處來？如今又要往何處去？渾渾噩噩的神識裡，彷彿有一件極為重要的事，到底是什麼……頭痛欲裂中，祂乍然想起火光四起的神社。

對了，祂的子民、祂的信眾！

可是，那些極度信賴祂的人們都死了，因祂守護不力的緣故，曾想護祐的人都在那場空襲中死去，再也……

祂眼泛紅潮，有如當日神社中村民的血流成河；沉痛的哀傷和愧疚，強烈得像要把祂的心扯成碎片。

「失去了長年守護的人們，祢很傷心……而且寂寞吧？」

她在說什麼？祂驚愕地轉頭看向那個奇怪的生魂，眼中閃過一絲心思被看穿的狼狽。

這個人……怎麼會知道祂在想什麼？明明是一個普通的生魂，是誰賦予她這樣的能力？

……這該死的能力！祂瞪視著對方，陰鷙眸光殺機盡現。

女孩因祂的忿恚而膽怯，瘦小身影縮在角落，卻仍無懼祂的怒火繼續說：「……感覺祢很難過，而且自責甚深。」她清澄的雙眼直視祂，眼神流露哀憫。「那些無辜慘死的村民很可憐，但戰火無情，不是祢的錯。」

柔聲細語如同一陣暖流緩緩淌進祂心頭，心口的窒痛感為之一鬆。

這就是被「同情」的感覺嗎？

曾是被供在神社接受萬民祀奉的御神，千百年來，只有祂對廣大生靈施予憐憫，這還是首次有人用這種慈悲的情感對待祂。

然而，祂不需要同情！一身罪惡的「妖刀之神」，也不值得同情！

祂驟然抽刀擊碎女孩身邊的巨石，以示警戒。

無意傷害這個奇怪而特別的生魂，但她若是繼續跟著她，難保祂會失手誤殺，因為祂已經快控制不了自己腦中高漲狂暴的殺意了。

祂真的不想傷害她，她若死，就再也沒有人能夠理解祂。

「該死的人類……勿再跟來，否則，只有死！」祂語氣冰冷地警告。

她仍然跟在祂身後。因祂進入防空壕而擔憂，不安地縮在洞外等待。

……真是個奇怪的人。

看到她臉上和腿上的巨大傷疤，深深鏤刻在小小的魂魄裡，顯得更加怵目驚心。祂想起來那正是自己的傑作，但她卻這樣真心關懷祂。為什麼？祂不過是個失去神格的落魄荒魂。祂不清楚自己在想什麼，竟把這個來路不明的生魂帶在身邊。

也許是因為她長得很像曾經認識的一個人，雖然祂想不起來那個人究竟是誰；也許是因為她的笛聲很溫柔，讓祂在嗜血的狂躁中感覺平靜。

歲暮冬寒，她坐在蘆荻蕭瑟的江邊，手持祂的橫笛吹奏。冷冽淒清的笛韻隨晚風悠揚，散落叢山亂流之間，連夕照都帶著一絲寒意。

五感漸失的祂依舊厭惡人類，以殘殺那自私無情的物種為樂。不久之後，祂可能再也看不到她的臉、聽不見她的笛音，也可能無法自持地失控殺了她，但在那之前，讓祂暫時留住她吧！

千百年來，真正屬於祂的東西唯有刀與橫笛，如今多了一條小小的魂魄，似乎不壞。

1　下緒結：下緒為綁在刀鞘上的編繩，用以固定刀鞘，將下緒依各式各樣的繫法打結，則具有較強的裝飾性。脇差所用為下緒結，太刀所用稱為太刀結。

番外·青梅竹馬

番外・青梅竹馬

江小雨是他的青梅竹馬，本名江雨寒。她的爺爺在她出生當晚夢見秋雨靃靃江水寒的景色，而為她取了這個名字。

穎川江氏是一個古老而龐大的氏族，和她同樣排行「雨字輩」的族人就有幾十個，其中她的年紀最小，所以他習慣叫她小雨。

這位同齡的女孩對他而言，是特別的存在。

江家與李家比鄰而居、世代交好，他和小雨在八歲以前經常一桌吃飯、同床睡覺，兩小無猜。兩家親友理所當然地將兩人視為天生一對、命定夫妻，但隨著年紀漸長，親友們的戲謔、調侃令他十分厭惡，連帶也開始疏遠小雨——

雖然他不是真的討厭小雨，但他受不了別人老是拿他們兩個開玩笑。

可是不管他如何刻意疏離，她依然全心全意地依賴著他，仍像幼年那樣時時刻刻黏在他身邊。毫不避嫌的親暱、過度親密的舉止，讓他不得不冷酷地將她推得更遠。為了迫使她別再靠近自己，他不惜做出許多明知會讓她生氣、傷心的事……

那時真是太傻了。

急於擺脫小雨的糾纏和別人的嘲弄，他忘了正視自己的心。

直到小雨的爺爺遺命江氏全族遷離山村之後，他才發現自己錯了。原來從小一直趕不走、甩不掉的小雨，終有一天是會真的離開他的。

她匆匆隨著她的族人遠走他鄉，而他，連一句告別、一句道歉的話，都沒有機會說。

站在被夷為平地、空無一物的江家舊址前方，他的心也好像被掏空了。

為了換得她安穩的人生，他在很小的時候就立誓代替她成為神明乩身、承接她的天命；雖然她走了，永遠不會再回來了，但他並不後悔。遺憾的是，「李代桃僵」的代價使他一生不能離開這個村子，所以無論他再怎麼掛念，也不能去找她。

這是自己的選擇，他無怨無尤，只要她在天涯某處過得很好，那就足夠了。為了她，他會一肩扛起原屬於她的責任，一輩子守在這個沒有她的地方。

十幾年過去了，當初自江家小園移植的彼岸花已滋長得遍地連天；就在他認命地以為今生今世只能望著那片紅霧思念她的時候，她竟出現在他眼前。

操持五寶所流的鮮血滲進雙眼，像漫天飛散的彼岸花雨般模糊了他的視線，有一瞬間，他懷疑自己看錯了。

那不是小雨吧？一定是剛才請神降身過於疲累造成的幻覺。

他也曾經把阿姨家的鄰居誤認成小雨，因此被大家恥笑了很久；也經常做夢夢見小雨回到他身邊，結果都是一場空。

江家人遵從伏公遺命，永遠不能回來這個村子，小雨怎麼可能會在這裡？

可是那雙直勾勾地注視著他的眼睛、那種彷彿全世界只有他一個人的凝望眼神，完全就是小雨從前看著他的樣子啊！

以前每當小雨這樣盯著他看的時候，總會讓他心跳加速，而現在，那種久違的悸動在他心中如潮洶湧。

他再也坐不住了，推開身邊的重重阻礙，起身走向那個女孩。

「妳是？」

越是靠近，看得越清晰，如果這不是在夢裡，他幾乎可以確定眼前的人就是江小雨了！

唯恐她下一秒就會消失似的，他情不自禁地伸出手想抓住她，不知是誰擋了下來，他的手腕被牢牢握住，不過那不重要。

「妳是江小雨？」他像在夢中囈語那般遲疑。

「……江雨寒。」她示意身旁的人放開對他的箝制，對他說：「阿凱，好久不見了。」

這個許久不曾聽到的名字讓他如夢初醒，繼而陷入狂喜的情緒。

「真的是妳！妳跑去哪裡了？沒說一聲就消失這麼久！這些年妳過得好不好？」

他問了一連串的問題之後，忽然注意到站在江雨寒身邊的人，不禁微微蹙眉。

這個外型高䠷出眾的男人，該不會是小雨的男朋友吧！她出落得這麼漂亮，有男朋友也是理所當然，但……

他的心倏地一陣抽痛。

特地帶男友回來向他示威嗎？她曾經是那樣一心一意地依戀著他，把他當成自己生命的全部，而這一切，都已經回不去了。

他酸楚地自嘲，但也出自內心地祝福她，至少眼前這個男人看起來氣質不凡，和小雨很相配。

沒想到小雨說那不是她男友，只是同事關係，他莫名鬆了一口氣。

她告訴他，她和她的同事回到山村之後遇上一些麻煩，想拜託他進入防空壕；但後來又打消了這個主意。

「對不起，阿凱，當我沒有來找過你好了，我不想拖累你。」

他看得出她臉上的憂心和愧疚，卻也明白她必是走投無路才會來找他，如果他選擇袖手旁觀，那便辜負了他們青梅竹馬的情分。

防空壕裡險惡異常、吉凶未保，神明降旨諭令不得接近的禁地指的就是防空壕，違背神諭勢必會付出慘痛代價，這些他都知道，但無論如何，他非闖這一趟不可。

為了小雨，即使犧牲生命，他也願意。

番外・暗戀

番外・暗戀

「不行！我堅決反對！」

結束面試之後，只剩兩個人的辦公室中，同樣擔任面試官的企劃編輯部主任一臉嚴肅地對編劇組組長說。

「為什麼？對編劇組來說，那是個不可多得的人才。」編劇組組長曹承羽表示不解。

「既然是人才，哪有不網羅的道理？」

「對企編部來說，她確實也是人才，但你忘記了？她現在才大四，她自己也說等明年六月畢業才能就職，這大半年的時間，你們整個編劇組就等她一個人？雖然這不關我的事，但恐怕你們其他編劇組成員不見得樂意吧！畢竟少一個人，就少一分戰力，其他編劇勢必要負擔較多的工作量。」

「這不勞學長費心，其他組員那邊，我會與他們溝通協調。相信以他們的能力，不差這半年。」承羽臉上帶著一貫的溫文微笑，語氣中透露的強勢卻不容忽視。

「這樣不合規矩。」企編部主任眉頭緊皺，盯著眼前這位和他從研究所就認識，並在同公司共事多年的學弟。「我們公司一向只有求職者候補職缺，哪有我們等著求職者的？況且你們編劇組目前急缺編劇，她既不能如期前來，就該錄取下一個才對！今天來面試的人那麼多，也不乏學經歷比她優秀的，不懂你在堅持什麼。」

「規矩是人訂的，也不是不能改。」承羽端起桌上的茶杯，從容不迫地喝了一口水。「學長你知道的，家父向來反對我在這裡任職，而對我的未來另有安排；雖然我一直反抗他的指令，但也明白終有一天我會被迫離職，為了公司，我需要開始著手培養接班人。」

企編部主任沉默半晌，嘆了一口氣。「我明白你的意思，但是，你就對那個小女孩那麼有信心嗎？她看起來簡直還像個國高中女生一樣稚嫩，真的能當你的接班人？我是不敢相信。你們編劇組人才濟濟，若論資歷，至少還有個麗環大姊頭……」

聽到麗環的名字，承羽不禁失笑。「麗環？你確定她適合當編劇組組長？」

「麗環……確實不適合，她搞事能力那麼強，要是讓她當組長，其他編劇會被她玩死。」企編部主任顯然也發覺自己說錯話了。

「你也清楚適任的人不好找，我並不是說今天那位面試者將來一定能接替我的位置，但只要有一點點可塑性的，我都不想錯過。」承羽神情認真地說。

企劃部主任右手不停地旋轉著原子筆，陷入了深思。過了許久，指尖的筆旋飛出去，落在大辦公桌上。

「隨便你吧！你們編劇組的事，我不便干涉太多。」走出辦公室之前，他轉頭語帶深意的對著承羽說：「但是，希望你堅持這樣做的原因，不是出自私心，同事間會議論你的。還記得當年劉梓桐的事吧？人言可畏，學長反對，是為了你好。」

劉梓桐……

一個人留在辦公室的承羽，因這個名字喚起一些痛苦的回憶。

幾年前，公司日班女員工劉梓桐深夜在片場附近失蹤，至今下落不明，有如人間蒸發。片場監視器拍下事發當天她在大門前徘徊的影像，當時手中提著一個袋子。她失蹤之後，那個袋子遺留在片場大門不遠處，裡面裝著一份消夜，以及一封收件人是他的情書。員工失蹤案在公司引發軒然大波，有些人私下指責他蓄意勾引公司女性職員，並利用權責偷偷與下屬搞曖昧關係，和劉梓桐較熟的女同事也出面說「編劇組組長曾經幫過梓桐的忙，所以梓桐非常感激他，一直想找機會報答。」

對於該位女同事的說法，他完全沒印象，因為他曾經幫助過的同事太多了，不管認識或不認識，只要能力所及，通常不吝援手。

他和劉梓桐不過點頭之交，僅知道對方是片場員工，實在不明白她為什麼會帶著給他的情書在深夜的片場外等候，甚至因此失蹤。

即便如此，伯仁之死，他亦難辭其咎。基於良心道義，他借用父親人脈長期協尋劉梓桐，卻毫無消息，而略有通靈能力的麗環則告訴他，劉梓桐恐怕早已遇害身亡。

這件事帶他極大的痛苦，倒不是因為公司內部的議論和指謫，對於那些惡意中傷的流言蜚語，他並未當成一回事。他曾有一位學生時代相識的女友，兩人是大學班對，因為交往許久，對彼此都有一份責任，所以他一直盡力維持這段感情，雖然在劉梓桐失蹤後不久，他的女友就因交通事故意外身亡，但在她亡故之前，他從來沒有動過背叛對方的念頭，更不可能會去招惹其他女性同事。

看著桌面那份右上角以藍筆打勾的應試者資料，他不能否認自己確有私心，但那也是大半出自欣賞對方的惜才之心，他自認問心無愧。

接獲董事長召見的通知之後，承羽走出主管辦公室，遠遠就看到小雨垂頭喪氣地從總務部的方向走過來，眉尖若蹙，看似心事重重。

「妳怎麼了？」他快步走到她面前。

「組長！」小雨抬頭看到他，晶亮的眼眸瞬間綻現光芒，但那亮光很快就消失了，取而代之的是猶疑的神色。

「發生什麼事了嗎？妳看起來不太開心的樣子。」

她數度欲言又止，終究搖搖頭，「沒什麼，沒事。」

承羽感覺得到她正為了某事困擾，但不願意告訴他，他也不便強人所難。

「沒事就好。」他順著她的話說。「剛好在這裡遇見妳，今天下午兩點編劇組要開會，麻煩妳通知新進編劇，地點在第二編劇室。」

「好的！」她立刻答應著跑掉了。

這場會議持續到很晚。他在台上針對諸位編劇交出來的劇本內容進行批評時，眼睛常不由自主地移向小雨。

看得出來她勉強想集中精神，但卻顯得魂不守舍。究竟發生什麼事了？或者只是純粹太累了？畢竟已經晚上九點多。正想著要不要提前結束會議時，另一位新進編劇突然疑似中邪。原來她在為同事感到擔心。

公司占地廣大，連接數個大倉庫及一些廢棄已久的小型片場，靈異傳說時有所聞，內部禁忌也很多，同事中邪的情況雖不是常事，但也並不罕見，至少麗環就很有經驗，經常撞鬼的體質讓她三折肱而成良醫，能當場略作處理。

承羽見小雨一副驚惶不安的模樣，便走到旁邊安慰她。

隔幾天，承羽深夜自片場返家，開車經過公司員工宿舍區時，忍不住看向其中一棟，卻意外看到一個瘦小的身影縮在大門外。

那不是小雨嗎？這個時間，為什麼……

他連忙路邊停車，朝她走過去。「妳站在這裡做什麼？」

半夜兩點多，一個女孩子獨自待在路旁，實在太危險了！他不禁為她捏一把冷汗。

小雨告訴他，她出門忘記帶鑰匙，室友都睡著了，沒人可以幫她開門。說這話的時候，臉上表情明顯心虛。

他心裡更驚訝了，但沒說什麼，只是點點頭。「我家就在附近，妳先跟我回去好了。」

想起劉梓桐的前車之鑑，他絕對不能讓她一個人留在這裡。

「那就打擾了！」小雨很快地說，語氣如釋重負。

重新發動車子之後，見她身上只穿著一件單薄的粉色睡衣，他立刻把放置在車上的外套遞給她。「穿上吧，車上冷氣有點冷。」

大概也察覺到自己衣著不整，小雨沒有拒絕，乖乖穿上他的外套。

承羽將她帶回位於市區的住處。她在玄關脫下鞋子，小心翼翼地放進鞋櫃。「你的家人都睡了吧？真不好意思，打擾你們了。」唯恐吵到別人，她特意壓低音量，輕聲說道。

「我的家人都在台北，這裡只有我一個人住。」他將一雙室內拖鞋擺到她雙腳前方。

「謝謝。組長是台北人？」

「是，不過我住在這裡好久了，從大學時代開始。妳也是台北人？」他記得她面試資料上的聯絡地址在台北市。

「我只是從小跟著姑媽住在台北。」她跟在他身後走到客廳。

「離開台北來到這裡，還能適應嗎？」

小雨到職的第一天，神采奕奕、明豔照人的姿容引起全公司一陣驚豔，可是才過了一個月，他卻覺得她憔悴了許多。

和她同期的新編劇昨天離職了，書面上的理由是「不堪勝任」，聽說實際上真正原因是認為公司和員工宿舍鬧鬼，不知小雨是否也受到影響了？但她不肯說，他也無從得知。

「我想應該還好。」小雨笑了一下，帶著倦意的笑容看起來有些勉強。

由於總共只有三個房間，其中一間是書房，一間作為儲物室使用，所以他把唯一的臥室讓給她，自己開車去其他同事的宿舍借住。

隔天他交代麗環特別關照小雨，並以方便討論劇本為藉口，將她調到麗環她們那棟資深與高階職員的宿舍。

當初小雨到職後不久，他就從其他人口中聽說她因遭眾多男同事瘋狂追求而心懷恐懼，甚至萌生辭職的念頭。不想因急於表白讓她受到驚嚇，他只能用這種方式默默守護她。

但願有朝一日她會明白。

後記

關於書中的奇幻意象——

感謝各位新舊讀者們垂閱至此，本篇後記繼續來聊聊書中的人事物。

為了延請小島田先生來台灣救麗環，小雨眼睛眨都不眨就拿出五百萬，很多人都驚呼小雨好闊綽啊！只為了解救區區一個「同事」，竟然願意花這麼多錢。我想是因為她認為「人命關天」，只要可以順利救人，錢能解決的都是小事。

蕭巖說她不能進防空洞，她只好找能人異士代勞，要是一直找不到人幫忙，阿凱必定會為了她以身犯險，而小雨是絕對不願再拖累阿凱的，因為她自覺虧欠對方太多了，人情債還不起，所以她寧可花錢消災，聘請自身有能力、也有意願援救麗環的小島田來幫忙。

當然了，她能出手這麼闊綽，主因也是她不缺錢，江雲蒼把江伏藏的遺產原封不動留給她，金額大概很可觀吧？

在〈惡靈現形〉一章中，承羽聽不見劉梓桐被五雷符擊中的慘叫聲，後來有時能看到對方的鬼影、有時看不到，這是由於承羽本身靈感沒那麼強，而且在他和小雨安葬劉梓桐、並為她誠心誦經之後，對方的執念已經漸漸放下了，不再像以前那樣糾纏著他。順便一提，劉梓桐徹底放下執念後，之前她對小雨造成的傷痕大部分都伴隨著怨念消失，例如阿凱曾經注意到小雨脖子上的那些黑色爪痕不見了。左手的刺傷則因為是物理傷害，所以沒有痊癒得那麼快。

至於小雨為什麼能一直看到劉梓桐，並清楚聽到她心裡的聲音，則是拜墮神上輩子送她的能力所賜，見神、見鬼都逐漸變成日常了。

雖然江伏藏千方百計封印她天生的靈力，表面上看起來也似乎成功封起來了，實則仍持續受到墮神之力的影響，能與鈞皓及劉梓桐等鬼魂進行對話、洞悉亡靈內心想法，也和侍奉神明的阿凱一樣看得到土地公，蕭巖才會說她有和鬼神溝通的能力。

墮神之賜不僅限於和鬼神溝通，其他的能力有些已經悄悄展露過了，雖然在故事中沒有特別強調。受戰爭影響而轉變成狂暴荒魂的妖刀之神以玩弄、虐殺人類為消遣，但祂賦予小雨的神力卻意外的溫柔。

不知道讀者朋友們覺得阿凱和師父蕭巖的感情好不好呢？

我自己是覺得不太好。在蕭巖以小雨獻祭之前，阿凱對他抱持基本的尊重，也大致上聽從他的話，但阿凱實際上對蕭巖不太信任，甚至是沒有太多好感。

蕭巖人設是一個冷酷、心狠、原則性很強的人，雖然他一直在設法解決防空壕的問題，試圖挽救眾多村民的性命，有時候也會對需要幫忙的人伸出援手，但他為了達到目的一向不擇手段，只要能顧全大局，他隨時可以犧牲任何人，絲毫不講情面。

警察先生俊毅曾說，當他們為了找回疑似被魔神仔誘拐走的人而向崇德宮求助時，常常遭到蕭巖嚴厲的拒絕然後趕走，這也是阿凱和他不合的原因。

阿凱自幼受江伏藏薰陶教育，思想和小雨相近，認為「人命關天」，即使他不能原諒企圖傷害小雨的黃可馨，但當對方遇難時，他也不會置之不理；蕭巖屢屢見死不救的冷血行徑，令他不以為然。他知道蕭巖不是沒有能力救人，選擇袖手旁觀的原因，往往只是因為他認為「不值得」或「沒必要」。

而且，蕭巖雖然十分盡責的承接江伏藏和前宮主留下來的使命，將阿凱培訓成優異的乩身，但過於求好心切、罔顧人情的鐵血教育，實在很難使人心悅誠服。

山村的花，有些是刻意安排不按照正常花期開放的，例如李家宅邸的薔薇花，山上果園的梅花，以及蘭桃坑的黃吊蘭和桃花，北山的紫陽花等等，由於村子受到防空壕怨力的影響，籠罩在詛咒之中，導致花不對時，就像《紅樓夢》裡的海棠冬月開花，是不祥之兆。

小島田也說過，村裡的暗夜風雨並非偶然。

故事中的山村最初設定就是受到詛咒和怨念影響的妖異之村，魍魎匯聚，暗地裡神出鬼沒，但又不想讓它直接呈現一副群魔亂舞的樣子，因為在江伏藏的努力之下，從小雨去過的傳統市場看來，至少此方村民還維持著安居樂業的昇平景象，所以盡量以不尋常的自然現象來暗示村子妖異之處。

說到植物，要特別一提北村常見的山芙蓉，為台灣原生植物，也是台灣特有種，每次看到這種花，總覺得其習性很像堅忍的台灣人——耐汙染、耐乾旱、耐貧土，生長在貧瘠的土地上，無畏秋霜冬寒，依然開出美麗的花。

山芙蓉花清晨初綻時是白色，中午呈現淺粉色，傍晚則轉為桃紅色或紫紅色，十分令人驚豔。

小島田在北村看到山芙蓉花的時候，曾經引用《古今和歌集》的歌句問阿凱：那正開著的白花是什麼名字？巧的是，由於神識混亂而失憶的墮神也曾問過小雨，霞君常常奉祀於神社的白花是什麼？不過當時小雨不解其意。

關於〈荒魂之殤〉中提到的番薯籤。

家裡有位伯父特別討厭地瓜，據說是從小吃番薯籤吃到害怕。伯父讀小學的時候，某天放學回家看到家裡正在煮番薯籤當午餐，立即扔下書包逃之夭夭——寧可餓肚子也不肯吃。

幼時我曾問阿嬤，煮熟的番薯甜甜軟軟的，很好吃不是嗎？為什麼伯父看到番薯卻那麼嫌惡害怕？

阿嬤說，二戰當時他們吃的番薯籤和現在不一樣，先把番薯削成條狀再曬乾保存，口感非常粗礪乾硬，而且天天吃、餐餐吃，一年到頭都只能吃番薯籤，真的會得番薯恐懼症。

我聽了之後，非常慶幸自己沒有生在戰亂年代，也希望天下止戈，不要再有戰事。

有一次，我在網路上看到有人用笛子吹奏〈十面埋伏〉，心裡覺得這真是太厲害了！〈十面埋伏〉為琵琶武曲，宜以「四絃一聲如裂帛」的琵琶音色來呈現金戈鐵馬的肅殺之氣，有些段落是木管樂器無法模擬的，能用笛子吹奏實在高明，所以安排了〈丁亥之秋〉中江雨寒吹笛子的橋段。若是尋常曲調，恐怕沒辦法引起墮神的注意吧？

關於老樹公的原型。

在阿嬤住的村子，東南山區有座瀑布，瀑布的西北方有一棵巨大的榕樹，我很小的時候曾經見過一次，粗大的樹幹圍繞著紅布，枝繁葉茂，濃蔭鋪天蓋地，站在樹下有如置身森林；從枝椏垂下的氣根連接地面，粗細像小樹一樣。

先祖輩和其他外地人為避兵燹戰禍，從大城市一路流離，竄逃深山，在東南山區逐漸形成一個小小聚落。當年荒山窮谷人煙稀少，魍魎橫行，時有魑魅山精出沒傷人，據說那棵大榕樹上有神靈憑依，常現形驅趕妖邪，當地村民遂敬奉大榕樹為「帝爺公榕」，虔誠祭拜。

時移世易，那裡的居民後來遷徙到平地居住，同時也蓋了廟宇繼續奉祀神靈。

之前我在PTT Marvel板問過讀者朋友們喜歡的角色，發現鈞皓還挺受歡迎的，有些小姐姐都說想送鈞皓巧克力，好可愛。

情人節的時候，也許鈞皓收到的巧克力數量會是第二名，第一名應該是承羽吧？為什麼不是人氣最高的阿凱收到最多呢？我想他只會收小雨送的巧克力。承羽為人客氣和善，大概不忍心拒收，不過他一定會回禮就是了，然後他收到的巧克力就被麗環和阿星吃光光。

至於小島田和俊毅……嗯，這次的閒聊到此結束，我們下一集見，感謝三采文化的編輯部、行銷部與其他部門諸位工作人員的辛勞，也謝謝所有的讀者朋友及協助過我的人們，如果對本書有任何感想或指教，歡迎告訴我。

千年雨

國家圖書館出版品預行編目資料

山村奇譚．2, 墮神／千年雨著 – 初版．-- 臺北市：
三采文化股份有限公司，2022.07
面： 公分．（iREAD；154）
ISBN：978-957-658-836-5（平裝）

863.57　　111006966

suncolor 三采文化集團

iREAD 154

山村奇譚 2：墮神

作者｜千年雨
編輯二部 總編輯｜鄭微宣　責任編輯｜藍匀廷　美術主編｜藍秀婷　封面設計｜李蕙雲
內頁排版｜魏子琪　校對｜黃薇霓　行銷協理｜張育珊　行銷企劃｜蔡芳瑀

發行人｜ 張輝明　總編輯長｜ 曾雅青　發行所｜ 三采文化股份有限公司
地址｜ 台北市內湖區瑞光路 513 巷 33 號 8 樓
傳訊｜ TEL:8797-1234　FAX:8797-1688　網址｜ www.suncolor.com.tw
郵政劃撥｜ 帳號：14319060　戶名：三采文化股份有限公司
本版發行｜ 2022 年 7 月 1 日　定價｜ NT$360